JN105470

ZANIA

ザニア

星の少女とエレメントの仲間たち

著 マルキス ダリア
Marchiş Daria

訳 ひなこ

文芸社

目　次

Colecția ARCA

Editor: MIRCEA PETEAN

Coperta: OANA STEPAN

Traducere revizuită de Ioana SASU-BOLBA

© Editura Limes, pentru prezenta ediție

Str. Castanilor, 3

407280 Florești – Cluj

Tel. /fax: 0264/544109; 0723/194022

Email: edituralimes2008@yahoo.com

www.edituralimes.ro

本文イラスト：マルキス・ダリア

1章

私は誰？

　私は誰なのか。

　とてもいい質問ですね。

　私の名前はザニアです。私は自分が何歳なのかわかりません。数百万年、数千万年、あるいは数十億年という話になるかも。知らないのはおかしいですよね。ただ、これを思い出すのは大変です。

　私には多くの家族がいます。何百人もの兄弟と姉妹、そして両親がいます。母の名前は「月」です。私たちの名前は同じ星の名前から来ているので、ちょっと変ですよね。母は、私にはなくてはならない存在です。母は何でも助けてくれます。母は何にでも関わってくるのです。そういうものなのです。母が何か言って私がやる、私がやると母が何か言う。腹が立ってくると思うでしょう？　これが私の育った環境なのです。母なしの世界なんて考えられません。私は完璧さという

檻の中に閉じ込められています。母は不機嫌で冷たく、時には意地悪をすることもありますが、私の母であり、私は母のすべてに感謝しています。母に怒ることはできません。ただ、母には嫌なところがあります……完璧さにこだわるのです。私たちも完璧でなければならず、それが嫌なのです。

父……私の父は、私の中では最もやさしく、最も輝いている人です。父は家族の「光」です。父がいなければ、私たちの家族はバラバラになってしまうでしょう。父は私たちをまとめてくれます。私は父を素晴らしいと思っています。彼がいなければ、私は吹き飛ばされてしまうでしょう。

これが私と私の家族です。私たちはお互いに輪になっています、文字通りに。ただ、1つだけ見逃していたことがあります。私は普通の人間ではありません。私は人ですらないのです。とても奇妙でしょう？　誰かに「あなたは人ではない」と言われるのは。しかし、今私があなたに話したことはすべて事実です。一言一句すべてが。私は人間ではなく、星なのです。だから、私の名前はザニア。母は「月」で、父は「太陽」です。私の兄弟や姉妹も星です。もちろん、おじいちゃん、おばあちゃん、おじさん、おばさん、いとこももちろ

ん、そのおじいちゃん、おばあちゃん、おじさん、おばさん、いとこもいますが、全員まではわかりません。例えば、冥王星は私たちの末っ子で一番近いいとこです。私の両親でさえ、私たちの家系をすべて知っているわけではありません。でも、私はよく知っています。私はすべての星、彗星、惑星について時間をかけて調べました。

　私は最初からここにいます。ここは美しい。でも、誤解しないでほしいのですが、つまらないのです。何百万年もここにいたら、そりゃ退屈にもなります。私はできる限りのことを学びました。それに、母から離れるための休みも必要だと。母のことは愛していますが、母と私はときどき一線を越えてしまうことがあり、最近ではそれがますます多くなっています。その結果、誰がその責任を負うことになると思いますか？　私ですね。

　ああ、どこかへ行ってしまいたい。でも、不器用だし。

　私の望みはここから出て行くことです。新しい人生を始めたい、真新しい物語を始めたい。新しい冒険と新しい経験をしたいのです。でも、それが不可能なこ

とはわかっています。母が絶対に許してくれません。私はこの願望を3人の姉妹に話しました。彼女たちは私をおかしいと言うのです。それに、私が何をしようとしているかは銀河全体が知っています。

　私は女の子たちと仲良くなったことがありません。ほとんどの場合、彼女たちは偽善者です。でも私は違う。私には夢があるのです。みんなには「何もできないのに夢を見てもしょうがない」と言われますが、私はいつか必ず夢を叶えます。

　しかし、私が言っていたその日が突然来るとは思いもしませんでした。

2章

新たな始まり

　すべてがあっという間のことで、何も思い出せません。

　まず、最初から説明しましょう。

　その日、父が私を起こしてくれましたが、母はまだ寝ていました。普段の母は、私たちが起こさなくてもかなりきっちりした人なので、そのままにしておきました。ところが、どうも様子がおかしい。私は気分が悪くなり、急にひどい頭痛がしてきました。めまいがして、目がかすんでしまいました。胃がキリキリと痛むのです。汗も出てくる。次の瞬間、何が起こったのかわかりません。たぶん気絶したのでしょう。なぜなら、目が覚めたら全く違う場所にいたのです。

　そこは素晴らしいところのようですが、私には自分がどこにいるのかわかりませんでした。私はすべての銀河系を調べてきましたが、この銀河系は全く新しい

もののようです。しかも、私のそばにはもう誰もいないことに気づきました。自分が何百万年も生きてきた場所とは違うことに気づきました。

　私は人間の世界にいるのだ！　ああ、何てこと！私は人間の世界にいるんだ！

　私は誰にも見られないように何かの後ろに隠れようとしましたが、それが何なのかはわかりません。

　自分を見てみると、自分の目が信じられません。何かがおかしい！　私はもう光を反射していないし、もう星ではないのです。これは何かの魔法だ。見上げると、私の兄弟や姉妹がたくさんいるのですが、とても小さいのです。そんなのおかしいよ！　今すぐ元の場所に戻らなければならないけれど、どうすればいいの？

混乱しながら自分を見ると、体から2つの手と2本の足が生えているのが見えます。私は自分の顔を見ようと近くの水たまりまで全力で走りましたが、つまずいて転んでしまいました。星には足がなく、ただ浮いているだけでしたが、ここでは違うのです。

　やっとの思いで立ち上がり、バランスを取ろうとして、またつまずきました。巻き毛のような茶色の髪、海のような青い目、雪のように白い肌。顔には空の星のような小さな斑点がありますが、これは後で「そばかす」と呼ばれるものだと知りました。首には、星のペンダントがついています。これは本物の星です。私は人に知られないように、セーターの下に隠しました。

　私の外見は完璧だわ。でも、これは私ではありません。むしろこれは私がずっと望んでいたことです。新しい始まりです。

　でも、どうも気分が悪いのです。なぜなの？　なぜ私は幸せではないの？　想像していたようなものはすべて手に入れたのに、それでも幸せじゃない。水晶のような涙がピンクの頬を伝います。初めて欲しいものを手に入れたのに、満足できない。家族のもとに帰りたい！　この世界に来てまだ1日も経っていないのに、もう恋しくてたまらないのです。

それでも私は落ち着いて、黒と白のストライプの袖で涙を拭い、立ち上がりました。誰が私にこんなことをしたの？　私を元の空に戻して！　そんな気持ちが強くなってきました。

　路地を歩いていると、人影が見えてきました。
「こんにちは。よろしければ、今日は何日で、ここがどこか教えてもらえませんか？」
　その人は、かなりみすぼらしいおばあさんでした。足首まである灰色のスカートを履き、新聞と財布を持ち、黒と紫のシャツを着ています。彼女は苦虫を噛みつぶしたような顔をしていますが、どこか幸せそうです。しゃべろうと努力していますが、ほとんどの歯が欠けています。
「まったく、最近の子どもたちは！　自分がどこにいるのかさえわからないの！　まったくあんたには驚きだね、お嬢さん！　ここがどこかって？　どういうこと？　頭がおかしいの？　病院に連れて行ってあげようか？　そのくらいはしてやるよ」
　そんな必要ないよ、と言いたいところでしたが、私は代わりにこう言いました。
「私は大丈夫よ、さようなら！」

このおばあさんはかなりおかしい感じがしました。正直なところ、少しかわいそうな気もするけど、振り返ることなく私は歩き出しました。

「2018年2月5日、イギリスよ」

「ありがとう！　じゃあね」

　頭の中では、その女性は嫌な人とわかっています。私はただ、会話を終えてさっさと立ち去りました。

3章

行方不明

　あとは、寝る場所を見つけて、自分の身に起こった
ことを考えるだけです。

　ふと、見覚えのある貼り紙が目に入りました。そこ
には人の絵が描かれていて、頭の上には「行方不明」
と書かれています。

「行方不明」。何と恐ろしい言葉でしょう。憎しみと
悲しみに満ちた言葉です。

　私は説明をよく見てみました。

「カーリーブラウンの髪、青い目、白い肌、15歳、
最後に目撃されたときは黒と白のストライプのセー
ターを着ていた」

　なんてことなの!?　私が、行方不明の少女なのです。
もう一度写真を見ると、私にそっくりな笑顔の女の子、
犬を抱いた人、大人2人、子供2人が写っています。
これは私の家族に違いない!　この世界の私には家族
がいるんだ!　私は続きを読みました。

「見つけたら、オックスフォード通り19番地に連れてきてください。報奨金1万ポンドお支払いします」

　信号が赤に変わり、私は目がくらみました。5秒後、信号機の上を見ると、そこには「オックスフォード通り1番地」と小さく書かれています。これは運なのだ！

　私は通りを歩き続け、番地を探します。10、11、12……もうちょっとだな……16、17、18。しかし、道はここで終わっています。19番地が見つからないのです。どうして？　あり得ない。一番近いメモを破り、もう一度読み返してみます。そこにははっきりと書いてあるのです、『19　オックスフォード通り』と。念のため、もう一回読んでみても同じ。さて、どうしよう。18番地と20番地は見えているけれど、19番地が見当たらないのです。

　通りの角に、中年の男の人がいます。
「すみません、19番地はどこにあるのか教えていただけませんか？」

　彼は私をじろじろと見ます。私は緊張しました。
「あなたは行方不明の女の子？　もしかして、あなたは1万ポンドの報酬の子？」

　彼の顔には邪悪な笑みが浮かんでいましたが、それ

はすぐに消え、代わりに心配そうな表情が浮かびました。私がトラブルに巻き込まれているらしいのです。

「あの……。1人でなんとか見つけられると思うんですけど」

「いやいや、そんなことはない。あなたのようなか弱い女の子が、こんな遅い時間に1人で道を歩いてはいけない。家まで送ってあげよう」

　私は反射的に走りだしました。でも、慣れていないので、うまく走れません。夜が遅いので石が見えず、つまずいてしまいました。男は私に追いつき、私をつかみました。

「お嬢ちゃん、俺から逃げなくてもいいんだぜ。必ず家に帰してやるから」

　彼はお金が目当てなのはわかっています。でも、私はまだ家に帰りたいのです。私は、彼の手を掴み返して逃げようとしました。しかし、私が男に触れると、彼は手を引いてしまいました。彼のジャケットからは煙が出ていて、変な臭いもします。

「何をするんだ？　気が狂ったのか？」

　何を言っているのかわからないけれど、気にせずに走りました。彼のジャケットを燃やしたのは私なのだろうか？　それはあり得ない、私は彼に触れただけだ

もの。足はかなり動いています。何が起こったかを考えていると、別の男の人にぶつかってしまいました。報酬を欲しがっている別の男だ！　しかし、彼の反応は違うものでした。

「ローズ・マリー？」

　彼が私を抱きしめたので、私は何も言えませんでした。彼の後ろには「行方不明」と書かれた看板が山積みになっていて、そこで私は気がついたのです。写真に写っているのは彼なのだ、彼は私の父なのだと。焼けたジャケットの件は一瞬にして頭から消えました。

「ローズ・マリー、どこに行っていたの？　ママもパパも死ぬほど心配したんだぞ！　お前の兄弟もだ！大丈夫なのか？」

「ええ、もちろんよ。大丈夫よ」

「よかった。家に帰ろう」

「でも、なんでこんな時間に外にいたの？」

「貼り紙を出そうと思ったんだ。もうやる必要がないから、君の好きなマシュマロを焼いてお祝いしよう」

　私は彼の顔を見ます。彼は私と同じ大きな青い目をしています。一瞬、その目に涙が浮かびましたが、彼はすぐにそれを拭いました。

「お前が見つかってどれだけ嬉しいか、お前にはわか

らないだろうね。どこに行っていたの？」

　これは、私が最も恐れていた質問です。自分が星であること、実はこれは彼の娘の体であり、私がそこに住んでいるのだということを、どう説明すればいいのだろう？

「えっと……、覚えていないの。滑って頭を打ったんだと思うの」

「家に帰ったらナタリーが治してくれるよ」

　私は馬鹿にされたくないので、ナタリーが誰なのかは聞きませんでした。私たちは、クリーム色の家の前に着くまで歩いて行きました。

「ただいま」

　信じられない！ 19番地はずっとここにあったのに、きっと私には見えていなかったのでしょう。運命が私を父に会わせたかったのかもしれません。裏庭に入ると、犬が私に飛びついてきて舐めて歓迎しています。くすぐったくて、思わず笑ってしまいます。

「ナタリー、見つけたよ。ジョン、ノア、下に来て！」

　階段の上には、白いレースで縁取られた薄いピンクのイブニングドレスを着た女性がいます。彼女はブロンドのカーリーヘアをしています。

「ジェームズ、信じられない！　奇跡よ！　私たちの

祈りが通じたのよ。ローズ・マリー、とても会いたかったわ！」

　階段を駆け下りてくる2つの影。2人の男の子です。どちらがノアでどちらがジョンかは、パジャマにイニシャルが入っているのですぐにわかりました。

　ノアは、ピンクのドレスを着た女性に似ています。金髪で、目は緑、笑うと2つのえくぼが見えるのが特徴です。一方、ジョンはジェームズに似ています。彼は黒髪で、同じように大きな青い目をしていて、私の目もそれを受け継いでいます。ジョンがノアより年上であることは、はっきりとわかります。

　ジョンは10歳くらい、ノアは7歳くらいに見えます。
「お帰り」

　みんなが私に抱きついてきます。人間の世界に来てから初めて、私は安全だと感じました。優しさと安らぎを感じます。
「ローズ、帰ってきてくれて嬉しいわ！」
「お姉ちゃんがいないから退屈だった！　1週間もお話がないなんて！」

　とジョンが泣きながら抱きついてきます。私は1週間も行方不明だったんだ。かわいそうな人たち！　どれだけ苦しんだことでしょうか。

「何かお話をして！」

「さあ、みんな。ローズは疲れていると思うわ。自分の部屋に行って寝かせてあげて」

　問題なのは、自分の部屋がどこにあるのかわからないことです。

「いえ、大丈夫よ。話ができると思う。さあ、私の部屋に走って行って、準備して」

　2人は走り去り、私も後を追います。私は手すりを掴みながら慎重に階段を登ります。自分の足にも慣れてきました。私の部屋は大きく、すべて紫で統一されています。大量の本が並んでいる棚が見えます。クローゼット、ベッド、ナイトスタンド、机、どれも普通です。全体的に、私の部屋は普通です。

「今日はどんな話をしてくれるの？」

　私はベッドから3つの枕を取り出し、床に三角形に敷き詰めます。

「今日は、私の好きなお話をします。ピーターパン」

　私は座って、物語を全部話します。ジョンは、自分と同じ名前の登場人物がいることを知り、とても興奮しています。ノアは海賊が好きで、大人になったら海賊になりたいと言っています。

　物語が終わると、私は弟たちを私の部屋よりも小さ

い部屋に連れて行きます。銀河をテーマにした部屋です。弟たちによると、私がいなくなる前、私は1つ1つの星を勉強して観察するのが好きで、私を手伝ってくれたとのことです。だから、私も部屋を自分たちの銀河系に変える手伝いをしました。

　彼らを寝かせて、私は自分の部屋に入りました。クローゼットを開けてTシャツと青いズボンを見つけ、着替えました。その後、ベッドに潜り、夢も見ずに深い眠りにつきました。私はこの状態が好きです。今は落ち着いています。

4章

ロックウッド高校

　翌日、雨粒の音で目が覚めました。ロンドンっ子にとっては何の変哲もない日ですが、私は今まで雨を感じたことがありません。いつも雲の上にいたからです。階段を下りると、ママがおいしい朝食を作っていました。ゆで卵、ソーセージ、ポテト、スクランブルエッグ、トマト。

「ローズ、起きたのね！」

　ジョン、ノアとパパはすでにテーブルで食事をしています。

「さあ、座って。もう昼ごはんが終わるところだよ。ジョン、ローズにホットチョコレートを作ってやって」

　ジョンは立ち上がって、キッチンのシンクの上にある食器棚のところに行きます。棚にはバラの花が彫刻されています。彼は、茶色い粉が入ったポットとカップを取り出しました。ミルクを取り、粉の上に注いで加熱します。作ってくれたホットチョコレートは、驚

きの味がします。おいしい！　私はそれをいっきに飲み干しました。

「あら、よっぽど喉が渇いていたみたいね！」

　その間に、ママは食事を済ませました。みんなで食べて、そのあとはモノポリーをしたり、『ハリー・ポッターと賢者の石』を見たり。

　時計は17時を指し、ママは私たちにお茶を入れました。ジョンとノアは、プールに飛び込みたいと言って、庭に出て行きました。私は家の中で両親と一緒にいます。

「ローズ、来週から学校に行きなさい」

　私は熱いお茶にむせました。学校!?　せっかくこの生活に慣れてきたのに、学校に行かなきゃいけないの!?　いや、いや、いや。無理。生きるために必要な情報は十分に持っているのに、なぜこれ以上必要なの？

「まあ、行くべきだけど、まだ準備ができていないなら、家にいてもいいのよ……」

　ママは私をだまそうとします。

　ああ、彼女は私の神経を逆なでします。私に選択肢を与えておきながら、何が正しいのかを指示するのです。

「いいよ。来週から学校に行くよ」

「よかった」

　1週間があっという間に過ぎていきます。今日はもう月曜日なので、もうすぐ学校に行くことになるのです。正直言って緊張していますが、どんなことが行われているのか見てみたい気もしています。

　次の日の朝、ママは私にお弁当を用意してくれて、制服を忘れないようにと言いました。

「制服？」

「そう、椅子の上に置いておいたよ」

「わかった、ありがとう」

　私は2階に行き、椅子にかけられた制服を見つけました。黒いシャツとお揃いのスカートです。私はそれを着て、鏡の前に行きました。シャツの左隅には赤いバラが描かれていて、その下には「ロックウッド高校」と書かれています。

　私は、リュックにノートや教科書、筆箱などを入れました。クラクションが聞こえてきたので、窓の外を見てみるとスクールバスでした。私はバスに乗らなければならないことをすっかり忘れていました。階段を駆け下りて、赤いスニーカーを履いて、バスに向かいます。

「行ってきます。ママ、パパ！」

　ちょっと不安なので、私は大きい声で言いました。でも、2人とも少し心配そうな顔をしていたので、うまく挨拶できてなかったのだと思います。

5章

ロビン、カイ、ピーター

　30分で学校に到着しました。目の前には広い中庭に大きな建物がそびえ立っています。入口には、制服と同じバラの花が描かれた旗があり、その下に学校名が書かれています。これが学校のエンブレムなのでしょう。庭には、様々な種類、大きさ、色のバラが咲いています。

　正門は雲のように白く、まるで羊毛みたい。まだ授業開始の10分前だというのに、中庭は混雑しています。

　私は中に入りました。階段を登り、前の日に習ったことを頭の中で繰り返します。歩くことには慣れてきましたが、まだ足がガクガクします。

　問題は、どこに行けばいいのかわからないことです。目の前に女の子のグループがいたので、尋ねてみました。

彼女たちはピンクのスカートと白いブラウスを着ていて、とても似合っています。
「ねえ、ちょっといい？　私、1時間目の生物学実験室に行きたいの。どこか知ってる？」
「ええ、23号室よ。まっすぐ行って！」
　と1人が答えました。
　彼女は私に微笑みかけ、彼女の美しい白い歯が見えます。
「ありがとう」
　彼女たちはもう私を気にすることなく、自分たちの会話に戻っていきました。やった！　私はすでにこの学校を自分の家のように感じ始めていました。彼女たちはまるで私の姉妹のようです。

　私は23号室に向かいましたが、まだきちんとは歩けません。しかし、1人の女の子が私の問題に気づいたようです。
「あの子を見て！　彼女はちゃんと歩けないのよ！」
　と笑ったのです。
　すぐにみんなが同じように私を見ているのです。みんなの目がこちらに向いて、私を指差し始めるのです。
「それは病気なの？　うつるの？」

「どうして車椅子を使わないの？」

「あなたは障害者？」

　私はどうしたらいいかわからず、ホールに逃げ込んで隠れましたが、そのせいで彼らはさらに大笑いしていました。なんとかトイレを見つけて、個室に入りました。私は泣き出してしまい、涙を止めようとしましたが、止まりませんでした。

　元の世界に戻りたい。あそこでは誰も私を笑いません。あんなに露骨に笑われることなんてなかったのに。

　私の涙は薬品のようです。涙が酸のように頬を焼いているのがわかります。酸だったら、床に穴を開けて一生隠れていられたからいいんだけれども。私は動揺しながらも、同時に怒りも感じていました。泣きすぎて目が痛くなってきましたが、涙の川は止まりません。このまま人生が終わってしまうのではないかと思っていると、誰かがノックする音が聞こえてきました。

「あっちへ行ってよ！　私をからかいに来たのなら、無駄よ！」

「いや、バカにしに来たんじゃないよ！　別にあなたをからかってない。様子を見に来たの」

　女の子のか弱い声が耳をくすぐります。もしかして、彼女は本当に優しいのでしょうか、それとも私を辱め

たいだけなのでしょうか。

「ドアを開けて。お話ししましょう」

　彼女はただ親切にしたいだけで、でも私は彼女を追い払おうとしていたのだと、気づきました。個室のドアを開けると、目の前にはエメラルド色の瞳と炎のように赤い髪がありました。

「私はロビン」

「私、ローズ・マリー」と私は小声で。

「ローズ、ローズって呼ぶね。あいつらなんか無視しましょう。意地悪よ。なぜあいつらがそうなのかわかる？　人生に何かが欠けているからよ。頭が足りないっていうか、頭を使ってないのよ」

　私は、彼女の話を聞いているうちに、彼女が言っていることがわかって、微笑みを浮かべました。しばらくの間、私たちは抱き合いましたが、それはあたたかく、心地よいものでした。

「来て！　生物の先生が風邪をひいたんだって。図書館に行こうよ。ピーターとカイを紹介するね」

　正直なところ、あんなことがあった後で他の人に会うのは気が進まないのですが、ロビンについて行きました。

　図書館は最上階にあるので、行くのに時間がかかります。でも、ロビンは理解してくれて、一緒に歩いてくれます。彼女のいいところは、私の悩みをほじくらないことです。アドバイスをしてくれるので本当に助かります。

　私たちが到着すると、風が吹いてくるようで、さわやかな香りがしました。棚には、読まれるのを待っている本がずらりと並んでいて、形も大きさも様々で、古いものも新しいものもあり、たくさんの可能性を秘めています。ここは私が安らぎを得られる避難所のような場所です。

　ロビンは私の手を引いて、棚の間に入っていきました。そして、2人の男の子がいるテーブルにたどり着きました。

「ローズ、カイとピーターよ」

カイはアジア人です。黒髪で、チョコレートのような色の目をしています。

　ピーターは背が高く、金色の髪と海のような目をしています。彼を見ると、私は少し赤い顔をしてしまいますが、それは泣いていたからではありません。

　2人はにこやかに、私を元気づけてくれます。

　私たちはお互いを知り始め、話をしました。楽しい時間はあっという間に過ぎてしまいます。お互いのこと、家族の話、素敵な休日や亡くなった家族のことなどを知ることができました。

　例えば、ロビンにはお父さんしかいません。彼女の母親は彼女が6歳のときに亡くなったそうです。カイにはあと3人兄弟がいて、ピーターは冒険に行きたいそうです。私に家族の質問が来たときは、地球の家族のことを話します。

　時間が経つのは早いもので鐘の音が聞こえてきたので、そろそろ行かなければなりません。

「ねえ、ローズ！　今日は『寿司の月曜日』なんだ。ロビンとピーターはいつも放課後に僕の家に来るの。君も来てみない？」

　とカイが言います。私は笑顔でうなずきました。

　その後の授業はそれほど嫌なものではありませんで

した……化学以外は。これが人生に役立つのでしょうか？　いや、なぜそんなことを教えているのでしょう？　わかりません。

　放課後はみんなでカイの家に行きました。これが一日の中で一番楽しい時間です。彼の家はどこからでも見つけられます。その理由の1つは、屋根からぶら下がっている巨大なドラゴンです。
「さあ、ここが僕の家だよ」
　玄関先に1人の女性がいるのが見えました。彼女はカイと同じ髪と目をしています。
「カイ、また遅くなって！　私がどれだけ心配していたかわかってるの？　あなたのお兄さんたちがテーブルの準備を手伝って……」
　そして、彼女は私を見ました。彼女は私の頭の先からつま先までのサイズを測るように見ながらも、私に微笑みかけます。
「このお嬢さんは、どなた？」
「ママ、この人はローズ。ローズ、僕のママのヨーコだよ」
「ヨーコさん、こんにちは」
「さあ、食べよう！」

彼女は、私とピーターとロビンを招き入れました。
「ローズ、もし君がここに来たことで、口うるさいママが静かになるなら、毎日来てね！」
　カイが私に耳打ちします。私たちは2人とも笑い出してしまいました。

　しばらくして庭に行くと、桜が見えました。その桜は他のすべての桜の木よりも美しいのです。花の香りだけで、この木が特別な存在であることがわかります。ピンクの花びらが円を描くように散っていきます。
　私たちはその下に座りました。すべてが止まり、数秒が数時間のようになります。
　最初はすべてが夢のようでしたが、その後、本当の危険を悟ることになりました。立ち上がると、他の友人たちが時間の中で凍りついているのが見えました。私は彼らに触れると彼らの肌は冷たくなっています。
　私の目の前に、若くて美しい女の子が現れました。彼女は私の顔を見て、私が怖くてパニックになっていることを察知したのでしょう、こう言いました。
「怖がらないで。校庭で会いましょう、すべてを説明しますから」
　そして、まるで夢を見ているかのように消えていき

ました。私は呆然としました。凍りついていたはずの
ピーターが沈黙を破るまで、私は彼女がいたはずの場
所を見ていました。

「僕の幻想？　それとも君もあの子が見えた？」

　私たちは、何があったのかわからず、たじろいでし
まいました。沈黙の時間が流れます。あれは現実だっ
たのでしょうか、誰にもわかりません。

「私も見た」

　私は言いました。

「校庭に行って、何が起こっているのか見てみないと」

「じゃあ、行ってみよう」

　ピーターが笑顔で言いました。

6章

S.A.M.C.

「どう思う？」

　カイが言います。

「彼女は現実のものには見えなかった！」

「誰かのいたずらかな？」

　と私は言いました。

「違うわ」とロビンは主張します。

「彼女は現実のものだと思うの。ギリシャ神話で似たような話を読んだことがあるの。美しい少女が木とつながっているという話、知っているでしょう？　彼女は森の女神よ！」

「ロビンの言う通りだと思う。でも、それってギリシャ神話の話だよね。彼女がここにいることはあり得ない。僕は現実じゃないと思う！」

　とカイが言います。

「たぶん……」

　気がつかないうちに、校庭に到着していました。

私たちは、話に夢中になっていたので、目の前に
立っている女の子に気がつきませんでした。

　その子は普通の人間よりも背が高く、白い肌にブロ
ンドの髪、そして緑色の瞳。よく見ると、彼女は光を
出しているかのようです。
「議論は終わり、ロビンが正解。私は森の女神なのよ」
　ロビンの顔に笑みが浮かびました。ロビンはカイの
方を向いて、言った通りでしょ！　という顔をしまし
た。カイはただ呆気にとられています。
「質問が山ほどありそうね。ギリシャ神話から来たの
なら、何をしているのだろうか？　とか。
　でも、それは後回しにして！　今はもっと重要なこ
とがあります。あなた方は危険にさらされています。
実際、私たち全員がそうです。
　いいですか、大きな危険が近づいています。すぐ近
くに来ています。あなたたちは敵を倒さなければなり
ません」
　私たちは、すべてが冗談であるかのように彼女を見
ています。
「ちょっと待って。誰が来るの？　そしてなぜ危険と
戦うのが僕たちなの？」

カイが尋ねます。

「私たちは、魔法のための秘密協会です。S.A.M.C.と呼ばれています。なぜあなたたちが選ばれたのか……いい質問ですね。あなた方は"オーナー"かもしれません」

「オーナー？」

「あなた方は魔法の力を持っている可能性を秘めています。だから、あなたたちなら、普通の人に魔法を教える努力をしなくて済むのです」

「何だそりゃ。帰ろうぜ！」

　カイが言いました。

　女神はカイを阻止します。女神は青いボールを呼び出し、それを地面に投げつけると、地面が割れて、大きな穴が開きました。私はそこに落ちるのを覚悟して目を閉じました。なぜ彼女は私たちを殺そうとするのでしょうか？　しかし、私たちは穴の上に浮かんでいることに気づきました。

「あなたたちのうちの誰かが、彼の能力を開化させたようね」

　女神が説明します。全員がカイの方を向くと、カイは集中していて、首に血管が浮き出ています。女神は私たちを地面に戻しました。

「何が起こったの？」

　カイが尋ねます。

「あなたは新しい力を発見したのよ」

「新しい力？」

「そうよ、カイ。だからS.A.M.C.はあなたたちを選んだの。ロビン、ピーター、ローズ、まだ自分の能力を発見していなければ、あなたたちも発見するでしょう。あなたは今までに、説明できないような不思議な体験をしたことがありますか？」

　彼女の目が輝いているのを見て、私は思い出しました。

「道で私に声をかけてきた男のジャケットが燃えたのは偶然ではない。……私がやったのよ！　私が火をつけたの。そうよ！　私よ」

　私は答えます。

「どういうこと？　ローズ！」

「一度、意識しないで人の上着に火をつけたことがあるの。その男にはほとんど触っていないのに、煙が出てきてしまったんです」

「ああ、火の能力ね。火はコントロールするのが一番難しいの。ローズ、あなたはとても美しい贈り物を授かりましたが、それは同時に大きな挑戦でもあるの。

火の魔法を扱うのは普通の力では無理。気をつけない
といけません」

　この言葉の後、風の音だけが聞こえてきます。私の
顔に触れる風は肌寒く、この沈黙が私に疑問を抱かせ
ます……私はこの挑戦の準備ができているの？

7章

物語はここから始まる

「ピーター、君には何か不思議なことができる？」

「できないと思う」

「何かやってみてよ。例えば、木に触ってみるとか」

　ピーターは近くの木に触れましたが何も起こりません。彼を間抜けで滑稽に見せるだけでした。

「地面を触ってみて」

　ピーターは女神に言われた通りにします。すると一瞬にして地面から岩が出てきます。ロビンは驚いてよろけて、つまずいて転んでしまいました。

「ロビン！」カイが叫びます。

　カイは自分の力でロビンを浮かび上がらせ、足を地面に着かせました。しかし、次の瞬間、カイは気を失ってしまいました。女神は彼を抱え、落下を止めました。

「初日にしては盛りだくさんすぎましたね。彼はまだ自分の能力をコントロールする方法を知らないのよ」

「カイは大丈夫なの？」

　ロビンはおそるおそる尋ねます。

「ええ、でも彼には休息が必要です。あなたはS.A.M.C.の本部にいてください」

「でも、できないわ。私たちがいなくなったことを誰かが気づくとは思わないの？」

　すると、ピーターが尋ねます。

「魔法のせいで、問題が引き起こされていたのでは？」

「地球の3年は私たちの世界では1秒に過ぎません。あなた方がいなくなったことなどなかったかのようになります。

　もうこれ以上話すことはありません。あなたが気絶したくなければ、私たちは一刻も早く準備を始めなければなりません。

　魔法に関することですが、あなたが来ないと他の人にも迷惑がかかります。あなたは自分の能力をどうコントロールしていいかわからないので、みんながおかしくなってしまいます」

「でも、S.A.M.C.の本部はどこにあるの？」

「見てのお楽しみ。みんなは高所恐怖症ではないでしょう？」

　私たちはお互いに顔を見合わせました。そして、声

を合わせて「大丈夫！」と答えました。

　けれど、今になって考えてみると、そうとも言えなくなってきました。

「では」

　私たちの前に4つの生き物が現れました。巨大なのです。鶏のくちばし、スズメの顔、ヘビの首、ガチョウの胸、カメの背中、クワガタの足、魚の尾を持っています。これらすべてがいっしょくたになって1つの生き物なのです。

「彼らは鳳凰隊です。私たちを本部に連れて行ってくれます」

　彼らの背中には美しい翼が見えます。

「いいわ！　私はカイと一緒に行くわ。この鳥たちは私についてくるから心配しないで」

女神は私たちが鳳凰隊に乗るのを手伝ってくれました。

「しっかりつかまって！」

　私たちは空に向かって昇り始めました。

　新たな冒険の始まりを感じます。海の上を飛んでいるので、空からは何でも見えます。

　ロビンの、火のように赤い髪が風になびいています。彼女は鳳凰と不思議な縁があるかのように仲良くしています。ピーターは興奮しています。

　私たちはお互いに顔を見合わせて笑いました。ほんの数秒のことですが、この瞬間を味わうためなら何でもしたくなるくらいです。

　鳳凰は女の子なので、カリプソと名付けました。海の上を飛ぶたびに、カリプソは近寄ってきます。私は彼女に触れることができます。素晴らしい！

「ねえ！　私の腕から何か出てきた！」

　私は思わず叫んでしまいました。よく見ると、それは炎のようです。

「まあ！ それは素晴らしい、あなたたち全員に起こるべきことです。このシンボルは君たちのパワーを表しているのです」

　風が強いので、会話の間は、大声を出さなければなりません。

「僕には山が出てきた！」

　ピーターが叫びます。

「それの意味は、大地のエレメントです！」

「私のは鹿の角よ！」

　ロビンが叫びます。

「それはあなたのパワーが動物に関係するものだからよ」

　カリプソの首にも、私と同じ炎が見えます。周りを見渡すと、それぞれの生き物には、その乗り手のシンボルがあります。カイの首には3本の線がありますが、これは空気に違いありません。

　出発してからかなりの時間が過ぎました。暗くなってきて、星や月が見えるようになってきました。

「さあ、ここで夜を明かしましょう。ここはエルフの村です」

目の前には村が近づいてきます。エルフの身長は私たちと同じくらいで、家の大きさも普通ですが、1つだけ違うことがあります。すべてが自然の素材でできているのです。家は木とコケで、橋は木の葉と木で、テーブルは木の皮で作られているのです。

　私たちの前には緑色の老人が立っていて、彼は村長のようです。村長は女神に向かって言いました。

「やあ、セレステ、何を連れてきたんだい？」

　女の子と男の子が彼の後ろを歩いています。ロビンは彼を見て赤面しました。その目には以前にはなかった輝きがありました。老人は私たちを見て、目を細めています。

「オーナーたちのうちの1人は旅に耐えられなかったようだね！」

　とカイを見て言いました。

「私たちが彼の面倒を見ます。ハーブを与えれば、明日には元気になるだろう」

「ありがとうございます！　明日の朝一番に出発します。お邪魔しないようにします」

「オーナーの邪魔は決してしないさ！　テニエル、彼らを案内してやってくれ」

　村長は、さっき後ろを歩いていた男の子に声をかけ

ました。
　ロビンが顔を赤くしたのは、きっとテニエルのせい
です。彼は背が高く、青い目、緑の肌、黒い髪をして
います。私たちと同年代のようです。
「私はテニエル。あなたたちの名前は？」
「私はローズ」
「ピーター」
「ロビン」
　彼はロビンを見て微笑みます。彼女も同じようにし
ました。ピーターは私の方に身を乗り出しましたが、
これには驚かされました。
「ロビンと僕とテニエルは同じように見える？」
　ピーターが私の耳元で囁きます。
　私は微笑みで返しました。
　彼の息づかいが聞こえてきそうなほど、ピーターは
私の近くにいて、一瞬、すべてが止まったような気が
しました。そこには私と彼だけがいる……彼の青い目
に私の姿が映っています。私は他の場所を見て歩き続
けることにしました。
　これは私の人生で最大の過ちです！　私はただパ
ニックになりました。ピーターの前では無防備になっ
てしまう自分が情けなくてたまりません。

「テニエル、私たちは一体どこにいるの？」

　私はテニエルに聞きました。

「エルフの森です」

　私たちはエルフの森にいるのです。空には美しい星が見えます。暖かな夜です。テニエルは私たちを寝る場所に連れて行きます。

　私はロビンと、ピーターはカイと一緒にいます。ロビンと私は木の近くに行き、苔でできたハンモックを2つ見つけました。私たちはベッドに入りました。ロビンはすぐに寝入ってしまいましたが、私はずっと疑問に思っていました。私はもう家に帰れないのかも。

8章

アレディエルとの物語

　その夜は、長く眠れませんでした。

　結局、一番早くに起きました。ロビンを起こさずに
ハンモックから起き上がり、散歩に出かけます。エル
フの村からどんどん遠ざかり、森の奥へと進んでいき
ます。足元には草の露がついています。鳥たちの鳴き
声や木々のざわめきは聞こえず、風のシンフォニーだ
けが聞こえます。葉っぱはまるでおとぎ話のワルツを
踊り、太陽の光が私の顔を撫で、温めてくれます。森
は静寂に包まれています。

　私は一歩一歩離れて行きますが、気になりません。
雄大な木々は色を変え始めています。あるものはピン
ク、あるものは紫、あるものは青へと。私はおとぎ話
のような世界に入り込んでいます。

　そうこうするうちに私は帰り方がわからなくなって
しまいました。私は木を見て、その色を覚えようとし
ました。ピンク、青、黄色、緑。ピンク、青、黄色、

緑。ピンク、青、黄色……。

　私は迷っているうちに、模様がついた大きな井戸の近くに到着しました。人間と神々との戦い、戦争とその結末……私の目の前でそれらの光景が浮かんできます。すべての始まりと終わりの様子が見えます。

　不思議なことに、その戦争で戦っている女性がいることに気づきます。実際、彼女は軍を率いていますが、私は彼女を見て、奇妙な感覚に襲われて震えました。

　私は、今は1人ではなく、誰かがここにいるような気がします。足音が私に近づいてきます。その音が大きくなります。どんどん近づいてきます。

「ローズ様、ここで君に会えると思っていましたよ」

　年老いたエルフが私の近くにやって来ます。私の心臓は危険なほど速く鼓動しています。彼も眠れなかったようです。

「ローズ様。私のことはアレディエルと呼んでくださ
い」
　私が返事をしないのを察して、彼は話し続けます。
「あなたには特別なものがあります」
「なぜそう思うの？」
「ごらんの通り、これが"世界をつなぐ泉"です。こ
の世界のものではない、私の生徒からもらったもので
す。彼女のような人だけがそれを見ることができます。
加えて、あなたにもそれができます。
　さあ、教えてください。ローズ様、私は間違ってい
ますでしょうか？」
　私は恥ずかしくて答えるのをためらってしまいます。
「わからない」
　一瞬の静寂が訪れました。彼は私の秘密を知る最初
の人です。
「私はここの出身ではありません。どの世界からでも
ありません」
「どういう意味ですか？」
「私は全銀河から来ました。私は星なのです」
「星？　だから星のペンダントを持っているのですね」

私は、本能的にペンダントを隠したくなりました。自分のことを誰かに伝えるという選択が正しかったかどうかはわかりません。

「あなたはこの秘密を誰にも言えないでしょう。お友達にもね」

　と彼は言いました。

「なぜ？」

「もし、あなたの秘密が悪い人の手に渡れば、勝つよりも負ける可能性の方が大きくなるからです」

　今までは怖くて誰にも言わなかったけど、今では誰かに言いたくても言えなくなりました。

「さあ、ローズ様。あなたに見せたいものがあります。井戸に描いてあった絵をごらんになったと思います。どれも戦争に関するものですが、1つだけ重要なものがあります」

　彼は長い指を立てて、軍隊を率いる少女の絵を指差しました。

「これが誰だか知っていますか？」

「いいえ」

「彼女はアルテア。彼女は私の元生徒の1人で、私に“井戸”を与えてくれた人です。

　彼女は私の最愛の生徒でした。私は彼女を自分の娘

のように育てました。見ての通り、彼女は恐れを知らない。初めて彼女を見たときから、彼女は特別な存在でした。彼女はすべてを素早く学び、最も難しいエレメントである火を手に入れることに成功しました。

　彼女はあなたに似ています。あなたを見ていると、彼女を思い出します。しかし、あるとき、彼女は病気になりました。誰にも治せない病気になってしまったのです。私もできる限りのことをしましたが、うまくいきませんでした。

　最後の日になって、彼女は治療法を見つけました。治すためには、愛する３人の魂を犠牲にしなければなりませんでした。そして彼女はそれを実行しました。家族を犠牲にしたのです。私は彼女に間違いを犯していると話しましたが、彼女は聞き入れませんでした。その日から、彼女の心は闇に吸い込まれてしまいました。アルテアは闇と一体化したのです。

　毎年、彼女は私たちを滅ぼそうとして隠れていた場所から出てきます。あなた方オーナーズの役割は、彼女を倒して平和を維持することです。だから、今年はアルテアと向き合うことになるかもしれません……」

9章

本部

「今年は彼女と対決するかもしれない……あなたも他のオーナーたちも」
「でも……」
「ローズ様、難しいのはわかっていますが、やるしかありません」
　アルテアの絵のすぐ下の井戸に何か書いてあります。
「愛するな、そうすれば失うものはない」
　私が文字を見ているのを見て、アレディエルが言いました。
「あなた様に差し上げたいものがあります」
　彼は緑の苔のようなマントの下から、金属製の笛を取り出します。薄暗い日差しの中で輝いています。
「助けが必要なときは、いつでも笛を吹いてください。さて、私たちは戻らなければなりません。他の人たちがすぐに起きてくるから、あなたも戻らなければなりません」

アレディエルの言う通りです。村に戻ると、セレステはもう鳳凰の準備をしています。
「ローズ、起きていたのね！　よかった！　あと10分で出発よ」
　みんな目を覚まし、旅を続けるために鳳凰に乗り込みます。
「手伝ってくれてありがとう」
「いつでも手伝いますよ、セレステ」
　私たちは地面から飛び立ちます。アレディエルが私にウインクしているのが見えましたが、すぐに彼のシルエットはほとんど見えなくなりました。村は魔法のように消え、私たちは何もない上空に取り残されました。カリプソが楽しそうな声を上げます。S.A.M.C.までは、そんなに遠くないようです。島に向かっているとのことで、そこに本部があるのだろうと思っていたら、実際、その通りでした。
「ここで降りるのよ！」
　セレステが叫びます。カリプソと他の鳳凰が私たちを目的地に連れてきてくれました。

「ローズ、ロビン、カイ、ピーター……スボン島へようこそ」

セレステは言いました。

「すごい！」

　私たちはみな思いました。目の前には巨大な建物があり、それ以外には何もありません。水のせせらぎが聞こえ、声も聞こえます。

「セレステ、声はどこから聞こえてくるの？」

「もちろん、滝の後ろからよ」

　それ以上は、誰も何も言いません。セレステは私たちの前に出て、手招きをします。私たちが入れるように、滝が2つに分かれました。

「さあ、こちらへ」

　セレステは笑顔で言います。

　私たちは彼女の後について、滝をくぐります。目の前にはS.A.M.C.の本部である学校があります。学校には、それぞれのエレメントを表す旗が飾られています。

「お部屋にご案内します」

　建物の中に入ると、その巨大さに気づきました。外からでは実際の高さがわからなかったのですが、とても大きいのです。

紫色のベルベットの敷物が敷かれた階段を登り、2階に到着しました。生徒たちが廊下にいて、友達と話しています。

「ロビン、ローズ、ここでお別れです。残念ながら、ピーターとカイと一緒にいることはできません。彼らの部屋は3階です」

　私たちの目の前には木のドアがあり、そこには金色で「5」という数字が明るく輝いています。ロビンと私はその部屋に入りました。

　バラの素晴らしい香りを感じます。ここには他に2人の女の子がいます。1人はベッドに寝そべって本を読み、もう1人は窓の外を眺めて物思いにふけっています。

「こんにちは。私はローズ、こちらはロビン」

　2人の女の子は私たちに目を向けて微笑んでいます。

「私はアーニャで、彼女はメアリーよ」

　アーニャは背の高い女の子で、ブロンドの髪にエメラルドグリーンの目をしていて、顔にはソバカスが見えます。一方、メアリーは真っ黒な髪に茶色い目をしていて、大きなメガネで顔が隠れています。彼女はひときわ黒い肌が目立っていました。

「どこから来たの？」

アーニャが尋ねてきます。

「ロンドンから……あなたは？」

　ロビンが言います。

「私はニュージャージーから、メアリーはスコットランドから。ああ、今日はまだ落ち着かないから、授業に出なくてもいいそうよ。あなたは何をする？」

「映画を見ようかな」と私は言います。

「『アバター』が面白いらしいよ。見ようよ」

　というわけで、セレステが来て夕食に呼びに来るまで、私たちはここで『アバター』を見ることになりました。

　食堂は2階にあるので、2階分降りることになります。ドアの前に着くと、カイとピーターがいました。

「ルームメイトはどう？」

「うん、いい感じよ。あ、そっちはどう？」

「こっちもいい感じ」

　それぞれが盆を持って、列に並びます。料理はおいしそうでした。好きなものを選んで、メアリー、アーニャ、そして他の2人の男の子と同じテーブルに座ります。

「ローズ、ロビン。彼らはマシューとエース。僕たちのルームメイトだよ」

マシューとエースはほとんど同じ姿に見えます。一心同体と言ってもいいかもしれませんが、あくまでも兄弟です。2人とも黒くてカールした髪に青い目をしています。唯一の違いは、マシューにはそばかすがあることです。

「マシュー、エース、あなたのエレメントは何？」

　とロビンが聞きました。

「僕のエレメントは金属で、エースのエレメントは木だよ」

　私たちはお腹いっぱいになるまでおいしい料理を食べました。その後、廊下でセレステに会いました。

「明日は鐘の音で目が覚めるはずです。そして、服を着て下に降りてきて、私たちと会うことになっています」

　と、ここで、私たちは着替える服を持っていないことを思い出しました！　何の荷物もないのです！

「セレステ、私たちは服を持っていないの……本当に、何も持ってきてないの！」

「服は2階に用意してあります」

　そう言って、彼女は振り向いて去っていきました。

　部屋に戻ってみると、セレステの言う通りでした。

新しい綿の服がベッドの上にきれいに畳まれています。足首より上のワンピース、ヘッドバンド、スリッパと靴下です。

　午後は自由時間です。みんなで階下に降りて話をしました。暗くなってきて、男の子たちはもう部屋に戻るところでした。

　午前中に最初のトレーニングがあるので、私たちも寝ることにしました。部屋には二段ベッドが4つあります。私は星の世界の家族が見えるように、窓際のベッドを選びました。暖かい毛布に包まれてリラックスしました。

　シャツの下からペンダントを外すと、涙が頬を伝っていくのがわかります。でも、今夜は幸運にもすぐに眠りにつくことができました。

10章

カイの裏庭にある桜の木

　鐘の音で目が覚めました。私たちは綿の服を着て、新しい1日に備えます。紫色の階段を降りると、セレステに会いました。外に出ると、多くの生徒と、その前には多くの先生がいます。彼女は私たちを生徒のグループと一緒にさせてから、ステージに上がって先生たちの隣に座りました。

「おはよう、みなさん！」

　セレステが言いました。

「今日は、それぞれの先生が自分の生徒のグループを作ります。手短にするため、アステリア先生から始めます」

　私たちの目の前には、レールのように細い、背の高い女性がいます。エルフの森の苔のような緑色の瞳が、彼女の衣装にマッチしています。私は、髪がほつれていることに気づかせようとしましたが無駄でした。彼女の表情は冷静で、少し怖いですが、彼女の目のあた

たかさが私を慰めてくれます。彼女は生徒たちのグループを作り、その中にはメアリーとアーニャがいます。

「エムリーズ先生の番ですよ」

　エムリーズ先生は、かなりの年配者です。シワがないので、整形手術を受けているのがよくわかります。ヘアジェルで固めた金髪に、海のような青い目をしています。

「親愛なる生徒たち、皆さんにお会いできて嬉しいです！」

　とエムリーズ先生は作り笑顔で言いました。

「年末には、チーム同士が競い合い、それまでに学んだことを証明して、悪を倒す能力があるかどうかを証明することになります。あなた方はわかっていると思いますが、勝つのは1つのチーム、たった1つです。たとえ自分のチームが勝つと確信していても、です。幸運を祈ります！」

　さて、謙虚さはエムリーズ先生の特徴ではありませんが、プライドの高そうなところは確かに特徴的です。遠くから見てもそれがわかります。博物館に展示してもいいくらいです。『エムリーズ氏のプライド。希少種』と。

彼のグループには2人の女の子がいて、私は彼女た
ちが姉妹だと思いました。彼女たちは私の横を通り過
ぎました。顔をしかめているのが見えますが、気にし
ません。他の2人は女の子と男の子ですが、私には関
係はなさそうです。
「『素敵な』スピーチをしてくださったエムリーズ先
生、ありがとうございました。では、コラリア先生に
代わります」
　コラリア先生は背が低く、ぽっちゃりしています。
髪型はボブで、目は茶色です。
　グループを決めたとき、私は誰かが私を選びに来る
のに、夜が明けるまでここで待たなければならないの
ではないかと心配し始めました。彼女がロビン、ピー
ター、カイの3人を選ばなかったのは嬉しいことです。
つまり、私たちにはまだ一緒にいられるチャンスがあ
るということです。
　メンバーを選んだ先生たちはすでに帰っていました。
「アバロン先生、次はあなたです」
　アバロン先生は、先に読んだ『チャーリーとチョコ
レート工場』のウィリー・ウォンカを思い出させます。
彼は、半分がピンクのドット、もう半分が緑のストラ
イプのジャケットを着ています。ズボンにはうずまき

状の模様があり、靴は黄色くぼんやりと光っています。彼の髪は雪のように白く、感電したかのように縮れています。私に言わせれば、マッドサイエンティストのようです。彼の顔には微笑みが浮かんでいます。彼は生徒たちを見渡して言います。

「私のチームの一員となる生徒たちはピーター・エバンス、ロビン・ミラー、カイ・ハマザキ」

　思わず胸が熱くなりました。アバロン先生はサスペンスを演出するために間を持たせています。

　もし、私が選ばれなかったら？　みんなが同じチームになって、私は他の人と一緒になってしまう⁉　私はひとりぼっち⁉　もしかしたら、私たちの友情は壊れてしまうかもしれない。もしかしたら、同じチームになる人と私よりも仲良くなって、その人が私の代わりになるかもしれない。様々な不安がよぎります。

「ローズ・ムーンライト」

　やった！　私たちはお互いに笑顔で見合わせました。私たちは立ち上がり、アバロン先生のもとへ向かいます。セレステが私たちに微笑みかけます。彼女がこの件について何か裏で動いてくれたとしたら、もしそうならありがたいことです。

　アバロン先生は私たちについてくるように手招きしました。彼が話している間にも、私たちは建物から離れていきます。

「私はアバロン、あなた方のこれからの先生です。みなさんはそれぞれ異なるエレメントを持っています。ロビンは動物、カイは空気、ピーターは大地、ローズは火です。最初に理解していただきたいのは、チームとして働き、自分自身のエレメントを他と融合することです。みんなで力を合わせればもっと強くなれる。あなたたちは次のオーナーかもしれない。そうであれば、年初に生まれ変わる悪、アルテアを倒すことができるのです」

　変なスーツを着ているにもかかわらず、落ち着いた印象の話し方です。

「今日は、あるものを見せに連れて行きます。

もしかしたら、なぜ授業がないのか不思議に思っているかもしれませんね。答えは簡単です。私の授業は、他の先生の授業とは違います。他の先生はグループに学習や暗記をさせますが、私は今日のようにあなたたちを散歩で庭園に連れて行きます」

「でも、これが僕たちの役に立つの？」

　カイが尋ねます。

「今にわかります」

　庭園は本部からそれほど離れておらず、長くは歩きませんでした。着いてみると、そこにはカイの家の裏庭にあるような様々な種類の桜の木がたくさんありました。そのほかにも、いろいろな種類の木があります。

「これは日本の桜です。昔は儀式や治療に使われていましたが、今は別の用途に使われています。もちろん、今でもそのような用途に使うことはできますが、今はそうではありません。今はテレポーテーションに使われています。この本部には、木をエレメントとする生徒たちがいます。1つ質問に答えてほしいのですが、セレステはどうやって君を見つけたと思いますか？」

　私たちはわからず肩をすくめました。

「カイの裏庭にある桜の木からです」

　とアバロン先生は説明します。

「それは日本の木でなければならないの？　それに、なぜ桜の木なの？　ただの木ではだめなの？」

とロビンが聞きました。

「とてもいい質問ですね、ロビン！　もっと近くに来て。桜の木の皮と、この樫の木の皮を見てください。同じでしょうか？　違いますよね。問題は、なぜ桜の木でなければだめなのか？　……アルテアのことは聞いたことがあるでしょう」

全員が顔を見合わせて困惑していますが、実は私だけが、彼の言っていることを知っています。井戸のところでアレディエルに聞いたからです。

「おや、おや！　魔法の歴史の学習が遅れているようですね！

アルテアは、アレディエルというエルフの弟子でした。彼は彼女をとても大切にしていたのですが、ある日、彼女は病気になってしまいました。死の瀬戸際で治療方法を見つけましたが、それは彼女が禁断の行為をしなければならないことを意味していました。治すためには、愛する3人の魂を犠牲にしなければならなかったのです。

彼女は母、父、そして弟を犠牲にしたのです。その瞬間から、アレディエルは彼女を追放し、彼女は闇の

側についたのです。

　私たちは、すべての人が善人とは限らないことを知らなければなりません。今、彼女は毎年隠れ場所から出てきて、世界を破壊しようとしています。オーナーたちは、彼女を阻止して平和にしなければなりません」

　私たちは、アバロン先生の話にとても興味をそそられました。

「では、桜の木の話はアルテアとどんな関係があるのでしょうか」

　アバロン先生は問いかけます。

「彼女が自分の健康のために家族を犠牲にしたのは、本に書いてある通りにしないと治らなかったからです。彼女は家族を大切に思っているのです。だから、彼の裏切り、つまり自分の娘に命を奪われたことを知られないようにしたかったのです。

　彼女は自分でアレディエルのところに行き、時間の『入口』を作ってくれるように頼みました。自分の意図を言わずに。アレディエルは彼女のことをとても大切に思っていたので、それを実行しました。彼は木のエレメントを持っていたので、日本の桜の木から『入口』を作るのは簡単な仕事だったのです。

　こうしてアルテアは時間を遡り、自分の両親が生ま

れていないこと、そして暗に弟も生まれていないこと
にしました。そして、家族を犠牲にする前に、彼女は
自分まで消えないように呪文で身を隠さなければなら
なかったのです。それを聞いたアレディエルは、彼女
を追放し、1人にしてしまったのです。

　さて、なぜ日本の桜の木なのでしょうか？　それは、
この木の樹液に最も多くの魔法が含まれているからで
す。アレディエルは、この木から最初の『入口』を作
りました。それは最初の大きな発明であり、今でもそ
うです」

11章

アバロン先生

「アルテアを倒すのは簡単ではありません。これを理解してもらうために、ここに連れてきました。力を使って戦うにしても、指を鳴らして終わりだと思わないこと。そんな簡単なことを期待してはいけません。アルテアと戦うのは大きな挑戦なのです。

　幸運なことに、彼女と同じエレメントを持っている人がいます」

　全員が私の方を向き、ピーターが微笑んでいるのが見えます。気持ちが押しつぶされそうになりながらも、私は笑顔を返しました。

「先生がグループを選ぶときに一番失敗するのは、みんな同じエレメントを持った子を選んでしまうことです。彼らは、様々なエレメントで彼女を破壊できるかどうかわかりません。私はそれを理解しています。

　もちろん、同じエレメントの生徒を教えるのは簡単ですが、それでは何にもなりません。だからあなたた

ちを選んだのです」

　先生は嬉しそうにこちらを見ています。今まで見たことのない彼の目の輝きを見て、彼が私を選んでくれたことがどれだけ嬉しいかを実感しました。

「さあ！　今日はまだやらなければならないことがあります。ここに残って、授業を始めましょう。ここには素晴らしいエネルギーを感じます」

　彼は自分が立っている場所を指差しました。

「今日は、エレメントの呼び出し方から始めます。そのためには、ちょっと助けが必要です」

　彼は桜の木の近くに行き、樹液が樹皮に沿って滴り落ちている割れ目を見つけます。

「さあ、あなたたち。樹液を手に取って、手にこすりつけましょう。そうすれば、エレメントがより強くなります」

　1人1人が木を触って、言われた通りにやってみました。樹液は粘り気があり、まるでハチミツで手をこすっているかのようです。とはいえ、匂いはそれほどいいものではありません。

「さあ、準備はいいですか。自分のエレメントをどのように手にしているか、想像して」

　私は目を閉じて、自分がアルテアの目の前にいるこ

とを想像します。彼女を止めるためには、自分のエレメントを発動しなければなりません。彼女の声が頭の中に響きます。

「フン！　お前なんかにはエレメントを呼び出せないわ。なんて恥ずかしいの!?　情けない！　世界を征服するためにお前なんか気にしないわ！」

　彼女は私の神経を逆なでします。私の指先がうずき始めたのを感じます。こめかみがピクピクしてくるのがわかるのです。足がふらつき、めまいがします。何も聞こえなくなり、アルテアの声だけが聞こえてきます。

「お前には呪いをかける価値はない！」

「お前は間違っている！」

　怒りが押し寄せてきます。もっと、もっと、もっと。まるでお湯が手に伝わってくるような感覚。いつもなら触れないのに、今は触れています。

目を開けると、目の前に小さな炎が見えますが、す
ぐに消えてしまいます。

　それを見たアバロン先生の笑顔もすぐに消えてしま
いました。笑顔を取り戻そうとしていますが、がっか
りしているのがわかります。

「でも、初挑戦にしては上出来だ」

　と言って、私を励ましてくれました。

　2時間のトレーニングの後、私はまだ何も進歩して
いませんが、カイだけはできました。

「今日はこれで終わりにしましょう。明日は新しい日
であり、新しいチャンスがありますよ」

　先生は、私ががっかりしているのを見てそう励まし
てくれ、ピーターとロビンも同じように言いました。

「自分の部屋に行って、休んでください。あなたたち
にはそれが必要です」

　みんなで部屋に行く途中で変わった人とすれ違いま
した。エムリーズ先生のグループの姉妹です。

「あら、あなたたちのことをよく聞いていたので、直
接お会いしたいと思っていました！」

　ピーター、カイ、ロビンは少し戸惑っているようで
すが、目の前にある危険を感じています。

「私はヘイリー、彼女はベイリーよ」

　ヘイリーはとても胡散臭いのです。彼女はブロンドですが、髪の毛はとても変で、プラスチックみたいで、目は憎しみに満ちています。

　一方、ベイリーは茶色の髪で茶色い目をした妹です。彼女は天真爛漫ですが、どこか抜けています。彼女はあまりしゃべりません。ヘイリーが彼女の代わりに話します。それどころか、彼女が話し方を知っているかどうかも怪しく思えます。

「その服は何？」とロビンが聞きます。

　それまで気づかなかったのですが、彼女たちは私たちや他の生徒たちとは全く違う服装をしています。黄色の短いスカートと、お揃いのクロップドトップスが、綿の服の代わりになっています。ヘイリーはムッとしたように見えましたが、再び微笑んで言います。

「あら、ロビン。私たちを見てごらんなさい。私たちは公爵夫人の姪なのよ。その制服は私には合わないし、この制服の白の色合いは私の肌に合わないわ」

エムリーズ先生が彼女たちを選んだ理由がわかりました。考え方が似ているのです。ヘイリーは、肉食動物が餌を狙うようにピーターを見ています。

「あなたがピーターね」

　ヘイリーは彼の肩に寄りかかって言います。

「私はあなたに一番会いたかったわ」

　ああ、ダメ！　嫌な予感しかしません。ピーターは何と言っていいかわからないようです。彼は文字通り、固まっています。まるで、足の代わりに根っこが生えているかのように、動けなくなってしまっているのです。

「そろそろ帰りましょう」

　とヘイリーは言いました。

　そして、ヘイリーはピーターから目をそらして、私の方を向き、私を上から下まで見て、

「あなたがローズね。私たち、本当にいい友達になれると思うわ」

　と言いました。

　彼女は、私をよく見ようと近寄ってきました。彼女はただ私を覆い隠すだけでした。彼女の肌の毛穴の１つ１つと厚化粧が見えます。

「そろそろ帰った方がいいんじゃない？」

私は振り返り、本部に向かって歩き始めました。ロビン、カイ、ピーターも私の後に続きました。
「あれは何というか……」
　カイが言います。
「そうね」
　と私も答えます。

　私たちは部屋に到着し、シャワーを浴びて着替えます。私たちはメアリーとアーニャにすべてを話しました。
「ヘイリーとベイリー・ヒリヤードに会ったの？」
　とメアリーが尋ねます。
「あいつらは公爵夫人の姪で、大金持ちで超セレブだって言われてるの。欲しいものは何でも強引に手に入れるのよ」
　ピーターはダメよ。ピーターは渡さないわ。私がここにいる限りはね……と私は思いました。

「何か他の話をしない？」
「そうね。もちろんよ。エレメントボールについて聞いたことがある？」
「それって何？」

「エレメントボールよ。みんなこれに参加しているのよ。週末に、ダンスパーティーが未来のオーナーを祝うために開かれるって」

　エレメントボール？　私はあまりダンスパーティーが好きではないし、あのピエロみたいな派手なドレスは嫌だなと思いました。

「そうそう、それにパートナーも必要よ！」

　パートナーかあ。ダメよ！　私はいいわ、ありがとう。

「メアリー、参加するにはパートナーが要るの？」

　私は必死に尋ねます。

「行かないとだめよ。招待状にはっきりと書いてあるの」

「どんな招待状？」

「あなたが来る前にセレステが置いていった招待状よ。そこのテーブルの上にあるわ」

　私はベッドから起き上がり、テーブルに駆け寄ります。招待状を手に取ると、ラベンダーのような香りがしました。鮮やかなピンク色の封筒に入っていて、きれいにロウで封がされており、すでにアーニャとメアリーは開封しています。封にはバラの花が描かれています。

「ねえ、メアリー。なぜバラの花が封印されている
の？」

「学校の紋章よ。知らなかった？」

「知らなかった！　一癖なんだね。ロビン、私たちが
いたロックウッド高校のエンブレムもバラだよ。もし
かして偶然？」

12章

バラ

　アーニャは一日中本を読んでいる子なので、バラについて何か知っているか聞いてみることにしました。
「アーニャ、私がいた学校と今いる学校のエンブレムが同じなのは偶然なの？」
「私が読んだところによると、バラは美しさと優雅さの象徴で、伝説もあるわよ。私はあまり信じてないけど」
　彼女の声は低く、重々しくなりました。私は興味をひかれ始めました。みんなでベッドに座って、話が始まりました。

「昔、アルテアという女の子が生まれました。彼女はとても美しく、両親は家族が増えたことをとても喜びました。両親は、アルテアの誕生を祝うために、村中の人たちを集めて大きなパーティーを開きました。年月が経ち、アルテアは成長し、学校に通うようになり

ました。しかし、問題がありました。少女は幸せを感じたことがないのです。偽りや常識の笑顔を見せることはあっても、幸せな笑顔を見せることはありませんでした。彼女は一生懸命勉強して、学年で1番になりました。3年生の子たちを追い越すほどの成績でした。先生たちは驚きました。

　アルテアが優秀すぎて、みんなどうしたらいいのかわかりませんでした。そこで、アルテアをアレディエルという妖精のところに連れて行きました。妖精は彼女に教え、彼女の能力を上達させました。少女はどんどん上達していきましたが、ある日、アルテアはアレディエルの村のエルフと恋に落ちました。2人はずっと前から愛し合っていて、エルフは彼女に会うたびに赤いバラを持ってきてくれました。そのバラは2人の愛の象徴となりました。

　2人はとても幸せでした。しかし、アルテアは病気になってしまい、どんどん弱っていきました。彼女は力を失いつつあり、愛が自分の弱点であることを知っていました。彼女の迷いのせいで、授業から遅れるようになっていきました。トップだった彼女は、成績が落ちてどん底に落ちました。

　唯一の解決策は、彼を忘れることでした。自分の愛

を忘れて、存在しなかったものと思い込むのです。彼女は毎日、毎晩、泣き続けました。彼女を幸せにした愛を消し去らなければならなかったのです。

　そして、2人の最後の日がやってきました。エルフはアルテアを喜ばせるために村を出ようとし、本部のあるこの場所で彼女にバラを贈りました。そして彼は、あなたの前の学校があった町にたどり着きました。彼はそこで一生を終えて死んだのです」

　アーニャは悲しげに伝説を語り終えました。彼女が話している間、彼女の言葉は映像に変わり、物語がどのように展開していくのかを私に教えてくれたようでした。
「ローズ、あなたが学校を休んだとき、先生が似たようなことを言っていたよ。ただ、それは普通に2人が恋に落ちる話だった……」
　とロビンが告白します。
「毎年、アルテアが帰ってくると、彼女は自分の恋人が死んだ町にあるロックウッド高校と、この本部の間の空間を使って『入口』を作ろうとするの。もしそれが成功したら、もう戻れなくなって、彼女の願望が叶うんじゃないかと思うの……世界を征服するという願

郵 便 は が き

料金受取人払郵便

新宿局承認

2524

差出有効期間
2025年3月
31日まで
（切手不要）

160-8791

141

東京都新宿区新宿1－10－1

（株）文芸社

愛読者カード係 行

|ᴵᴵᴵᵎᵎᴵᴵᴵᵎᵎᵎᴵᴵᴵᴵᴵᴵᴵᵎᴵᴵᴵᴵᴵᴵᴵᴵᴵᴵᴵᴵᴵᴵᴵᴵ|

ふりがな お名前		明治 大正 昭和 平成	年生 歳
ふりがな ご住所	□□□-□□□□	性別	男・女
お電話 番 号	（書籍ご注文の際に必要です）	ご職業	
E-mail			
ご購読雑誌（複数可）		ご購読新聞	新聞

最近読んでおもしろかった本や今後、とりあげてほしいテーマをお教えください。

ご自分の研究成果や経験、お考え等を出版してみたいというお気持ちはありますか。

ある　　　　ない　　　内容・テーマ（　　　　　　　　　　　　　　　　　　　）

現在完成した作品をお持ちですか。

ある　　　　ない　　　ジャンル・原稿量（　　　　　　　　　　　　　　　　　）

書　名								
お買上 書　店		都道 府県	市区 郡	書店名				書店
				ご購入日	年	月	日	

本書をどこでお知りになりましたか?

1.書店店頭　2.知人にすすめられて　3.インターネット(サイト名　　　　　　)

4.DMハガキ　5.広告、記事を見て(新聞、雑誌名　　　　　　　　　　　　)

上の質問に関連して、ご購入の決め手となったのは?

1.タイトル　2.著者　3.内容　4.カバーデザイン　5.帯

その他ご自由にお書きください。

(　　　　　　　　　　　　　　　　　　　　　　　　　　　　　　　　)

本書についてのご意見、ご感想をお聞かせください。

①内容について

②カバー、タイトル、帯について

弊社Webサイトからもご意見、ご感想をお寄せいただけます。

ご協力ありがとうございました。

望よ」

　その夜、私は一晩中、メアリーの言葉を考え続けて
いました。
「彼女は願望を手に入れるだろう、世界を征服するか
もしれない」
　朝になり、また鐘の音が聞こえてきます。ああ、あ
の鐘が粉々に壊れてしまえばいいのに……目を覚ます
と、日の光が降り注ぐ部屋が見えます。今日はアバロ
ン先生に会って、エレメントを呼び出そうとしていま
す。私は白い服を着て、髪を束ねて、星のペンダント
をシャツの下に隠します。
　私たちは出口に向かって進み、そこで男の子たちに
会います。
「おはよう！」
　カイが言います。
「授業が始まる前に食事できるといいなぁ。昨日は腹
ペコだったんだ！」
「ねえ、カイ、君にいい知らせがあるよ！」
　私たちの後ろにアバロン先生が立っています。今日
は光るオレンジ色のジャケットを着て、同じズボンを
はいています。

「何をぐずぐずしているんだ？ 行って何か食べなさい！」

　カイが最初に出て行きました。私たちも彼に続いて食堂に入り、食べ物を調達します。みんなでテーブルに座ります。すべてが順調にいっていたところ、

「皆さん、ごきげんよう！」

　ヘイリーとその妹がやってきました！

　彼女らを追い出すことはできないの？

「私たちがいなくて寂しかった？」

　そんなことはないよ！ そう言いたいのですが、何かに阻まれてしまいます。何ででしょう？

　当たり前です。誰も答えないということは、誰も彼女に来てほしくないということだから。

　それでも彼女は続けます。

「皆さんに嬉しいお知らせがあります！ 私たちがいて嬉しいでしょ？ あなたたちのテーブルに座らせてもらうわね」

　ヘイリーは嬉しそうに大きな声を出しました。

　最悪！ と思っていたら、ヘイリーが近づいてきて、私の隣に座りたそうにしています。私は心配してロビンを見ます。2人は顔を見合わせました。私は彼女が

気にかけてくれることにとても感謝しています。
「ヘイリー、私はローズの隣に座れないの？」
　ロビンが言います。
　信じられない！　ロビンがいなかったら私はどうしたらいいの？
　ヘイリーは私たちが何をしようとしているのかを理解していると思います。なぜなら彼女はこう言うからです。
「私はピーターの隣に座るわ」
　信じられません。彼女は本当にそこに行くのです。
　ベイリーはロビンの隣に座ります。ピーターは何も言わず、何もしません。
「トイレに行ってくる」
　私はイライラして言いました。
　立ち上がると、ヘイリーの勝利の笑顔が見えます。
「私も。彼女が大丈夫かどうか見てくるわ！」
　ロビンが言います。
　私はトイレに入り、ロビンもそれに続きます。私はロビンにぶつかりそうになりながら、ドアをバタンと閉めました。
「ローズ、彼女を困らせないで」
「なんでそんなこと言うの？　私が怒っているように

見えるの？」

「ピーターのことが好きなのはわかるよ。親友なんだから！」

「私は誰も好きではないわ。彼女が彼と一緒に座りたいなら、私は構わない。私は気にしない！」

　心の中では、彼女にピーターを奪われたくないと思っているのですが、ロビンにはそれを知られたくないのです。

「あなたが嫌な思いをしているのはわかるわ」

「あなたは何もわかっていない！」

　ロビンに怒鳴ったのは初めてだけど、これは私の最大の失敗の1つです。申し訳ない気持ちでいっぱいです。そんな私を見て、彼女の顔にあった優しさが消えていきました。彼女は振り返って去っていきました。私は彼女が出て行ったのを確認してから、泣き始めました。

　私はペンダントを外して強く握りしめました。なぜだかわからないけれど、いつもこのペンダントが私を落ち着かせてくれるのです。涙を拭いて、顔を洗って、冷静になります。もう少しペンダントを感じていたかったので、ドレスの外に出していました。すると、足音が聞こえてきました。

「ローズ！　みんな待ってるわよ！」

　ヘイリーが大声で呼んでいます。

「それは何？」

　彼女は私のペンダントに目をやりました。

「何でもないわ！」

　私は自分がパニックになり、感情的になっているのに気づきました。私はドレスでそれを隠そうとしましたが、彼女の方が早く、それを奪いました。

「こんなに美しいものは見たことがないわ。まるで本物の星のようだわ。星なの？」

　私は答えませんでしたが、結果、ペンダントを出したままにしたのは失敗でした。彼女は私の秘密を知ってしまいました。

「そうなんでしょう？　持てるはずないわよ。誰も持っていない。星を取ることができるのは……」

　やはり、何か企んでいるようです。

「あなたは星よ！」

　これで彼女は気づいてしまいました。今となっては違うと思わせられません。

「あなたは星ね？」

　彼女は繰り返します。

　私は戸惑いました。心の中にアレディエルの声が聞

こえます。

（もし、あなたの秘密が悪い人の手に渡ったら、あなたは勝つよりも失うものが多いでしょう）

「そうよ」

「信じられない！　他の人たちは知っているの？」

「いいえ、このままにしておいて」

　これが2つ目の大きな失敗でした。彼女の顔には邪悪な笑みが浮かんでいます。衣装さえあれば、彼女はまさにイタズラっ子そのものです。

「他の人に知られたら大変だよね？　バレないように何でもするんでしょ？　あなたのペンダントをちょうだい！　……さあテーブルに戻ろうっと。あなたは何も言わないでね。これは贈り物なんだから」

　彼女は私が家から持ってきたたった1つのものを選んだのです。私はそれをほとんど外さずにいたものなのに。私は、最後にもう一度それを見てから彼女に渡しました。彼女はそれを自分の首にかけ、満足気に触っています。その姿に、私は吐き気がしてきました。

「いいわよ。いいスタートが切れたわね。これからは私の言うことを聞きなさい」

　彼女は手を止めて、鏡の中の自分を見ています。

「さて、私たちはテーブルに戻るけど、あなたは何も

言わないでよ。これは私たちの友情を証明するための贈り物よ」

「私たちは友達なんかじゃないわ！」

　私は歯を食いしばっています。

「ああ、それと忘れていたわ！　これからあなたは、ロビンやカイ、そして絶対にピーターとは一緒にいてはいけないわ。ベイリーと私と一緒にいるのよ」

　一瞬、心臓が止まりました。もう彼らとは一緒にいられない!?　でも彼らは私の友達なのです。

「じゃあ、何て言えばいいの？　みんなだって、なぜ私があなたと一緒に出て行くのか知りたいと思うんじゃない？」

「私と一緒にいる方がいいと言えばいいじゃない。そして、私に隠れて何かをしようとするのはやめてね。私はどこにでも目があるから。私がどんなにいい友達かわかる？　あなたが努力しないで済むようにしているのよ。これも何かお礼をしないといけないけど、それは後で話しましょう」

　一瞬、ロビン、カイ、ピーターに自分の秘密を話そうかと思いましたが、アレディエルの言葉を再び思い出しました。

「さあ、行きましょう」

テーブルに着くと、ロビンは動揺していて、ベイリーは唐揚げを食べていて、男の子たちは話していました。

「ベイリー、来て！」

　とヘイリーが言います。

「私たちはあっちのテーブルに行きましょう」

　ヘイリーは、彼らが食事を取っているのを見て、私を待っています。

「さて？　どのくらい待てばいい？」

　私は食べ物を持って、みんなとは目も合わせず彼女たちについて行きました。

「ローズ、どうしたの？」

　ピーターが聞いてきます。

「私はヘイリーとベイリーと一緒に行くの。……2人の方が好きだから」

　私は振り返ってそう言いました。視線の先には、みんなの驚きと怒りの表情がありました。私は喉に詰まった巨大な塊を飲み込もうとし、何事もなかったかのように立ち去りました。

13章

エレメントの舞踏会

次の1週間は恐ろしいものでした。ベイリーも私の秘密を知り、私を利用し始めました。私は彼女たちの下僕であり、それは恐ろしいことです。

私は彼女たちのために何でもしなければなりません。お風呂の準備、服の整理、そして足のマッサージまでします。私はすべてを共有し、私のものを彼女たちに与えなければなりません。

もう嫌！　それでもやっていれば、見返りがあるかもしれません。この経験があれば、マラソン大会やコンテストで優勝するのは簡単なことです。

ロビンについては、あれ以来、話をしていません。男の子たちと一緒にいたり、アーニャやメアリーと一緒にいたりしています。彼女が苦しんでいるのを見るのはつらいです。

カイとピーターは私に話しかけようとしていますが、意地でも無視しなければなりません。これが一番難し

いのは、トレーニングの時です。集中しなければなら
ないのに、いろいろなことが気になって集中できませ
ん。

　アバロン先生は異変に気づきました。

「ローズ、どうしました？　何かあったのですか？」

「いいえ、大丈夫です！」

　私は笑顔を見せようとしながら言いました。

　彼は立ち止まり、目を細めます。私は笑顔を続けま
す。

「よろしい！　私はあなたが1人ではなく、チームと
して働いているところを見たいのです。私が言ったよ
うに、あなたたちは自分たちのエレメントを融合させ
なければ、アルテアを倒すことはできません」

　そう、アバロン先生の言う通りです。

　私が自分の部屋に入ることが許されるのは、暗く
なって寝るときだけ。それ以外は、ヒリヤード姉妹の
好きなようになっています。舞踏会のこともすっかり
忘れていました。

「ローズ、私のガードルをもっと強く締めて！　ウエ
ストを細くしたいの。もっと締めて……もっと締め
て！」

そうやって続けているのですが、自分ではそれほど気にしていなくても、ヘイリーが吹き出してしまいそうです。

「私のガードルを締めてちょうだい。ヘイリーよりもきつくしたいの！」

　ベイリーにもやってあげた後、ヘイリーが言いました。

「ローズ、私のパールを取ってきて。クリーム色のやつよ！　バカ⁉　青いのは私のメイクに合わないわ」

　私は彼女が求めるものをすべて持ってきて、続いて彼女の妹に同じことをしました。こうしてやっと終わりました。

　舞踏会ですべてを終わらせることにします。ロビン、ピーター、カイに私の例の事件のことを話すつもりです。この願いだけが、今の私の慰めになっています。

「大したことじゃないけど、あなたに話しておくわ」

　ヘイリーが言います。

「舞踏会には来ないで」

　なんてこと！

「なぜ私は行ってはいけないの？　あなたに言われたからといって、私がここに留まるとでも思っているの？」

「ええ、それはわかってるわ。でも、鍵のかかったド
アを鍵なしで開けることはできないでしょう？」

　ヘイリーとベイリーは、香水の香りを残して部屋を
飛び出していきます。息ができません！　2人はドア
を勢いよく閉めて出て行きました。

「ごきげんよう。心配しないでいいのよ、舞踏会の様
子は全部話してあげるから！」

　彼女たちは笑い、私は部屋に閉じ込められたままで、
舞踏会に行くチャンスもありません。私はドアの近く
に行き、叩いたり叫んだりしました。

「助けて！　誰か助けて！　誰か助けて！　ここに閉
じ込められているの。助けて！」

　5分ほど叫び続けましたが、誰も聞いてくれません。
喉が乾いていくのを感じます。私は諦めました。

「ローズ！　ローズ！　どこにいるの？　大丈夫な
の？」

　セレステの声が聞こえてきました。

　やった！　誰かに私の声が届いたのです！

「ヘイリーたちに部屋に閉じ込められたの。鍵を持っ
ていませんか」

「持ってないけど、どこにあるか知ってるわ。待って
て！」

「どうしようもないのよ！」

　セレステは鍵を取りに行き、2分で戻ってきました。ドアの鍵が開く音がします。私は外に出て彼女に抱きつきました。

「セレステ、助けてくれたのね」

　彼女の手には何かドレスのようなものが握られているようです。

「着るものがないんじゃないかと思って、ここに来る途中で選んだのよ」

　私はそのドレスを見て驚きました。派手なものはあまり好きではないのですが、素敵です。薄紫色と裾の金色の紐がぴったり合っています。すごい！

「セレステ、私、なんて言ったらいいか。ありがとう！」

　彼女は微笑みながら、私に着てみるように促します。

「あなたによく似合ってる」

　セレステは私の髪をお団子にするのを手伝ってくれます。彼女は私の肩に髪の毛を2本残していきました。私は白いスニーカーを履いて、ドアに向かいました。

「セレステ、本当にありがとう」

　彼女は私に手を振り、私は部屋を出ました。舞踏会は食堂の近くで行われていると、どこかで読んだこと

を思い出し、その方向に向かいました。

　扉に「エレメントボール(舞踏会)」と書かれているので、どの部屋かはすぐにわかりました。扉を開けると目の前に階段があり、部屋に入るためにはそれを降りなければならないのです。階段を降りると、みんなが私を見ているのがわかります。みんな足を止めて、私に見とれています。おとぎ話の中のお姫様になった気分です。なんだか恥ずかしい。私は階段を下り終わり、つまずきそうになりました。

　ヘイリーとピーターが一緒に踊っているのが見えました。もう胸が張り裂けそうです。今にも泣き出し、叫び、床を砕き、建物を燃やしそうです。

　そもそも私がここに来なければ、彼らに会う必要もなかったのに。そして、みんなが怪我をすることもなかったでしょう。滅ぼせない悪の力から誰かを救う必要もなかった。そしてヘイリーやベイリーに我慢する必要もない！

　もう終わりよ！　もう嫌！　涙が頬を伝って落ちるのを感じます。私の目は怒りで燃えていて、私の体も燃えています。目をそむけようとしますが、できません。このままでは自分を傷つけてしまう。あらゆる考えが頭の中で回転しています。私は怒っている！　悲

しい。すべてを壊してしまいたい。そして、一日中泣いていたい！

　ピーターの顔が見えました。彼の青い目が私を見つけました。私は隠れようとしましたが、彼の方が早かったのです。彼はダンスフロアを離れて私のところに来ました。

「ローズ、待って！」

　彼は私の肩をつかんで、私が帰ろうとするのを止めました。彼は私を離さずに自分の方に引き寄せます。

「放っておいて！」

「勘違いしないで！　僕は彼女と踊りたくなかったんだよ。彼女が僕の近くで踊り始めて、僕はどうすればいいんだ？　そこに座って、バカみたいにじっとしていろって？」

　私は冷静になって、この戦いを始めなければよかったと思いました。月明かりに照らされた彼の顔がキラキラと輝いているのが見えます。彼は私に近づき、私の顔に触れて涙を拭こうとします。全身に火花が散るのを感じます。私が微笑むと、彼も微笑み返してくれます。私の心臓はとても速く鼓動しています。光が彼の髪に当たって、金色に見えます。私たちはどんどん近づいていきます……。

「どこにいたんだい？　もう来ないかと思ったよ」

　カイの声がします。

　私は振り返りました。みんなが答えを待っています。

「ヘイリーたちが私を部屋に閉じ込めたの。この1週間、私はあの子たちの奴隷にされたの。私はあなたと一緒にいたかったのにあの子たちがそれを邪魔して。ヘイリーが私の秘密を知っているから、こんなことをしたのよ」

「待って。ヘイリーが何を知っているって？」

「ローズが星だということ！」

　ヘイリーとベイリーは私たちの後ろにいて、ニヤニヤしています。

「何を言ってるの？　ローズは星じゃないよね？」

　カイが聞きます。カイは私が答えないのを見て、ヘイリーが言っていることが本当だとわかったようです。

「本当よ。私は星よ。もっと早く言えばよかったんだけど、アレディエルが、本当のことを知られると負ける可能性が高いって言ってたから。ごめんね、本当は言いたかったんだけど」

　みんなは、私を見て驚いています。出会いがあって、友達になって、その人が星だとわかるなんて、普通はありえません。私だってショックを受けます。

ロビンが近づいてきて、私を抱きしめました。
「待って！　私に怒らないの？」
　私は不思議に思いました。
「ローズ、あなたは自分がベストだと思うことをしたの。能力のコントロールができないのはあなたのせいじゃないわ。それに、考えてみれば、星を友達にするのは、かなりかっこいいことよ！」
　カイとピーターが近づいてきて、抱きしめました。
「ちょっと待って！　なによ！　こんなのあり得ない！　理解できない！　あなたは彼女を憎むべきよ。なぜまだ彼女と一緒にいるの？　抱きしめられるのは私の方よ。彼女がミュータントであることを教えたんだから。私に恩義を感じなさい。ローズ、あなたは私と一緒にいるべき。あなたは私を好きよね」
　ヘイリーの顔は赤くなり、目が飛び出しています。まるで『美女と野獣』の物語のように、美女が野獣になってしまったのです。
「ヘイリー、もしこれが君の計画なら、僕らをローズとけんかさせるためには、もっと努力しなければね！」
　カイは言いました。
「何よ、それ！　私は彼女のようになるべきなのよ！私は完璧な人生を送るの！」

空に、とても速いスピードでこちらに向かってくる
星が見えました。いや、それは星ではありません。カ
リプソです。彼女は近づいてきて、ヘイリーの上で止
まり、彼女を倒してしまいました。ヘイリーは音を立
てて地面に倒れました。私は彼女に近づき、ペンダン
トを取り返しました。

「助けを探してくる！」

　ピーターは言いました。

　数秒後に先生たちがやってきて、セレステも加わり、
ヘイリーを連れて行きました。今はもうちょっと彼女
を放っておくべきかもしれません。

「大丈夫ですか？　事情を聞いて、すぐに来ました！」

　セレステは心配しています。

「ええ、私たちは大丈夫」

　私は彼女を安心させました。

「でも、1つだけわからないことがあるの。なぜカリ
プソがここにいるの？」

「私が関係しているかもしれないわ」

　セレステは言いました。

　私たちはみんな、笑顔になり、カリプソの近くに行
き、カリプソを抱きしめました。彼女はとても誇らし
げでした。私は舞踏会に戻りませんでしたが、カイ、

ロビン、ピーターと一緒にいました。彼らは星の話に
とても興味を持っていました。

「じゃあ、本名はローズ・マリーじゃないの？」

　ピーターが尋ねます。

「ザニアよ」

「ザニアか。その名前に慣れそうな気がする……」

　と彼は微笑み、私の手を取ります。

「気になるの？」

　と私はおどけて言います。

「全然気にしないよ」

　4人で散歩をした後、芝生の上に座ります。暗い空
には星が広がっています。沈黙が私たちを慰める雰囲
気になりました。

「空の上はどんな感じ？」

　ピーターが尋ねました。

「正直言って、ちょっと退屈」

「で、どうやってここに来たの？」

「私にもわからない。どうやったのか私も知りたいの。
でも、それをあなたたちが知ってしまうことが、どう
して悪いことだと思ったのかな。あなたたちに知られ
たら何かまずいのかな。私は知ってもらう方が気持ち
が楽になるわ」

「ザニア、それは何？」

　ロビンは私のペンダントを指して尋ねました。ここではそれが唯一の光っているものです。

「人間になったときから持っているの。よくわからないんだけど」

　ロビンは細部まで見渡せるように近づいてきます。

「本物の星みたい」

「そうだと思う。私が星だった頃の姿に少し似てるかも」

「わかった！　君はわからない？　このペンダントは星の形をしていたときの君だよ！　これで元の世界に戻れるかもしれない。筋は通っている。昔の体がなければ、戻れないでしょう？」

「もっといい質問は、いつ戻るのか？　だね」

　カイが言いました。

「今すぐには帰れない。敵を倒さなければならないから」

14章

アルテア

　朝食後、アバロン先生に会いました。

「生徒諸君、年の瀬も近いし、それがどういうことか
わかっていると思う。私たちは桜の庭に戻って、エレ
メントを呼び出すためのトレーニングをします」

　訓練はいつもより長く続きましたが、ついに成功し
ました。私の手のひらに炎が揺らめきます。

「よくやった、ローズ！　これからもこの調子で頑張
れ！」

　私の顔はかなり赤くなっています。

「もうちょっとだけ……」

　もう息ができません。汗が背中に流れてくるのを感
じます。

「よくやった！」

　授業が終わるまで、誰もが自分のエレメントを呼び
出します。ロビンは動物に囲まれ、ピーターは岩に囲
まれ、カイは私たちをなんとか冷やそうとしています。

「皆さん、おめでとう。もうすぐ、自分のエレメントでジャグリングができるようになりますよ」

　週末には、全員が苦労せずに自分のエレメントを維持することができるようになりました。

　ヘイリーに関しては誰もが何が起こったのか知りたがっています。でも、みんなには事故だったと言えばいいでしょう。ヘイリーは頭を打って記憶を失っているので、もう我々に反論することはできないのです。彼女の人生を思い出させるのはかなり難しいですが、私の秘密はこの方法で守られるはずです。彼女には、記憶や思い出を扱う３人の先生の助けが必要でしょう。

　その間、ピーターと私の間には、笑顔と会話の時間が過ぎました。私はヘイリーたちを気にしていません。本当にピーターが好きなんです！　ロビンと私は、彼女が私の秘密を知ってから、これまで以上に仲良くなりました。なぜアレディエルが秘密を明かしてはいけないと言ったのか、理解できません。

　ロビンはテニエルと連絡を取ろうとしましたが、できずにあきらめています。彼女は、自分がエルフと一緒にいるということは、やはり少しばかげているのかもしれないと気づきました。

　明日は大みそかです。私たちは練習を続けています

し、本当に勝つチャンスがあると思っています。私たちは全員、自分たちのエレメントをよく理解しています。ロビン、カイ、ピーター、そして私は、本部の中庭を歩き回っています。

「エムリーズ先生のチームを見て。イルカの滝と水の家を作ったんだって！」

とカイが興奮して言いました。

私はヘイリーとベイリーたちがいるチームの方を見ました。記憶を失ったのに、なぜかわからないですが、ヘイリーはまだ私たちを嫌っています。気持ちが落ち着けば克服するだろうと思っていたのに、彼女はあらゆる考えの中から、私たちが悪いということにしたいのです。さらに、彼女の"お友達"は、事故は私たちのせいだと言い張っています。

「できっこない。私たちはちゃんと練習してきたけど、彼らには勝てないわ！」

と私は言いました。

「アステリア先生のチームは、岩からどんな動物でも作ることができるって」

ロビンは言いました。私はがっかりしました。不可能です！　私たちは勝てないでしょう。アルテアにはもちろん、目の前の彼らにも勝てそうにないのです。

「ちょっと待って！　あきらめるのはまだ早いよ！
せっかく頑張ってきたのに、やめちゃうの？　さらに
言えば、ザニアには火のエレメントがあるんだし。

　アバロン先生の言葉を覚えている？　私たちは違う
エレメントを持っているから、まだチャンスがあるっ
て。

　私たちのチームは様々なエレメントを持っている
の！　他の人はみんな同じ!?　私たちは勝てる。アル
テアに立ち向かうとき、イルカの滝と水の家を作れる
かどうかは重要じゃないさ。そんなの何の役にも立た
ないよ！」

　ピーターは言います。

　ピーターは私を励まそうと、私の目を見つめていま
す。空が明るくなっていくのを感じます。ピーターは
私に驚くべき力を与えてくれる人です。ある考えが私
の心に浮かびました。

「僕たちはみんなで1つなんだ」

「ピーターの言う通りよ。諦めるわけにはいかない。
ベストを尽くしましょう！」

　と私は言いました。

「でも、それだけでは足りないわ！」

ヘイリーがやってきて言います。

「あなたが何を計画し、どうやって私を殺そうとしたのか知っているわ！」

　彼女の後ろには、黒い服を着てサングラスをかけた屈強な男性が2人立っています。

「ヘイリー、私たちはそんなことはしないわ！」

　と私は言いました。

「嘘よ！　念のためにボディーガードも2人雇ったわ」

　彼女は私たちを見て反応を待っていましたが、私たちは何もしませんでした。彼女は怒って後ろを向いて去って行きました。

「彼女に振り回されないで！」

　ロビンが遮りました。

「彼女は自分の世界で生きているお姫様だから」

「あの……もう夜も遅いし、自分の部屋に戻りたいの……」

　と私は言いました。

「ロビン、帰ろう？」

「うん……もちろん！」

　私たちは部屋に行きます。

「彼女に振り回されて、時間と神経を無駄にしないで！　あんな奴に怒らないで！」

ロビンがアドバイスしてくれます。

「怒っているのではなく、疲れているだけよ」

　しかし、そんなことはありません。ロビンも歯を食いしばって我慢していたのです。

　私たちは部屋に着き、メアリーとアーニャともう少しおしゃべりをしました。そして、何か食べて寝ることにしました。

　今日は、アルテアを倒せるかを証明するテストの日です。他のチームは私たちのチームよりもはるかに多くのことができるので、私はとても緊張しています。そのせいで早く目が覚めてしまいました。私は、ロビンが起きて歩いているのを見ました。

「ロビン、大丈夫？」

　私は小声で言いました。

「いいえ、緊張しているわ。もしテストに合格できなかったらどうしよう？　アルテアと向き合わなければならないとしたら……」

「ロビン、すべてがうまくいくわ。私を信じて。私は信じてる」

　ロビンは私を抱きしめました。私たちは身支度を始めます。ようやく起床時間になって、私たちは食堂に

行きました。

　朝食後、カイが言いました。
「もっとトレーニングしようよ。問題はないだろう？」
「そうね」と私は言いました。

　私たちは桜の園に行き、樹液を手に取り、手のひら
にすり込んで練習を始めます。
「ロビン、本当に上手になったね。ほら、うさぎが現
れたよ！」
　私はうさぎのそばに行き、抱きかかえて撫でます。
「ザニア、それ、下ろした方がいいよ！」
「なんで？」と、私は微笑みながら尋ねました。「と
てもかわいいじゃない！」
「うさぎをここに来させたのは私じゃないの。どこか
ら来たものか、わからないのよ！」
　私の笑顔は一瞬で消えてしまいました。うさぎを置
いて立ち上がります。うさぎは桜の木の近くにジャン
プし、私たちはその隣に行きました。
「何か言いたいことがあるの？」
　カイがうさぎに聞きます。
「気にしなくていいよ。僕は自分で話せるよ！」

とうさぎは答えます。

「しゃべるうさぎ！　素晴らしい！」

　私は驚いてうさぎを見ました。しゃべるうさぎ！次は何だろう？　ステップダンスをする猫？

　うさぎは白に茶色の斑点がありました。私はまだショックから立ち直れないので、言葉に集中できないでいます。

「注意してください。あと数分で、桜の木が『入口』
に変わります。あなたはそれが閉じないうちに素早く
通過しなければなりません。到着すると、あなたは
……」

『入口』が開きます。
「急いで！　着いたら何をすべきかわかりますよ！」
　私が先に行きます。他の人がついてくるかどうかは
わかりません。
『入口』の中は何も見えませんでした。奈落の底のよ
うだし、しゃべるうさぎの話を聞くなんて、なんてバ
カなことをしたんだろうと思い始めました。物音もあ
まりうまく聞こえないし、吐き気がします。地面が
回っているような気がしますが、よく見えません。ロ
ビンやカイやピーターがここに一緒にいるかどうかも
わからないので心配になってきました。心配すること
ではないとわかっているのに、何を信じていいのかわ
からなくなっていたのです。
　私は無の世界に落ちていき、回転は止まることなく
続いています。足元に小さな白い光が見え、それがど
んどん大きくなっていきます。私は光に近づいていき
ます。数秒後、光が私を飲み込みました。暗闇は消え

て白い光になりましたが、それも長くは続きませんでした。

　気がつくと、そこは見たことのない場所でした。人間界に来た最初の時と全く同じ感じがします。だけど、新しい世界のようには見えません。それは、私が存在するということであり、まあ、いいとしましょう。でも、自分がどこにいるのか、まだわからないのです。

　最悪なのは、カイもピーターもロビンも見当たらないことです。どこにもいないのです。私は急に恐怖に襲われました。大丈夫、と自分に言い聞かせようとしても足が震えてしまいます。どうやって戻ればいいのかもわからないし、今日は他のチームと戦わなければなりません。

　あたりを見まわすと、私の右手には地面と岩だらけの道があります。目の前には平野が広がっています。曇り空で風も強い様子です。左側には森があります。どっちに行けばいいのでしょう？　ここにいても何も解決しません。そうだ……森だ！

　私は森に向かって行きます。もう1回振り返って、勇気を出して森に入って行きます。なぜ森を選んだのかわかりませんが、自分の本能に従ったのです。

　木々に囲まれ、鳥のさえずりや木の葉のざわめきが

足元から聞こえてきます。胸いっぱいに新鮮な空気を吸い込んでいたので、その分、呼吸は難しいのです。ここは「世界の泉」を見た場所のようです。木々の色が茶色から明るい色になってきました。エルフの島の森もそうだったから覚えています。

　もう無理だと思い始めたとき、目の前に泉が現れました。前に見た時と全く同じです。近づいてみると、戦争とその結末についての連続した映像が見えます。その近くに座って、次はどこを見ようかと考えました。

　後ろから何かの音が聞こえてきます。振り向くと、泉の水が上昇したり、移動したりしているのが見えてきました。怖くなって戻ろうとすると、ぼんやりとしたシルエットが浮かび上がってきました。

　それはアルテアだったのです。

「ローズ・マリー？　それとも、ザニアと呼ぶべきかしら？」

　私は彼女を見てぎょっとしました。水でできているようにはまるで見えないのです。まさに本物の人間のようです。

「今日、オーナーが選ばれると聞いたわ。私を倒さなければならないと思ったのね。まあ、やってみるのもいいでしょう。しかし、あなたはそれをしたくないよ

うね。あなたはそれを心の奥底で感じているわ」

「どうしてわかるの？」

　彼女の目があまりにもリアルなので、私は彼女のトリックの餌食になってしまいました。

「私はあなたと全く同じでした。私はかつてあなたの靴の中にいたの。私たちはとても似ているわ」

「そんなことない！」

　彼女は私に聞こえるように大きく息を吐いて、額に手を当てました。

「ザニア、あなたは家族のもとに帰りたいのでしょう？　悩みがなくなったのだから、帰ればいいじゃない。もうヘイリーとは会わなくていいんだし。あなたは私の手を取るだけでいいの。それだけでいいのよ。あなたは完璧な人生を手に入れ、ピーターは二度とあなたを傷つけることはないわ」

　彼女が手を伸ばしてきたので、私は思わず触れてみたくなりました。彼女の言う通りです。私はこれ以上のトラブルを抱えたくありません。ピーターのことで悲しみたくありません。もうヘイリーには我慢したくないのです。

「待って。どうしてあなたは私のことをそんなに知っているの？　私はあなたに何も話したことがない。家

族のことも、悩みも。ヘイリーのことも、ピーターの
ことも」

　私は彼女が現実の存在ではないということを思い出
しました。彼女はただの水なのです。私は周りを見回
し、棒か石を見つけようとしました。アルテアは、私
が何をしようとしているか気づきました。

「後悔することになるわよ！　ザニア、わからない
の？　これは、あなたが家に帰るための唯一のチャン
スなのよ」

　私は立ち止まり、空にいたときのような安心感に包
まれながら、彼女に近づきました。これは、私が本当
に望んでいることなのでしょうか？　私は人生の試練
を避けたいだけなのでしょうか？　何かを学ぶために
しなければならない嫌なことを吹き飛ばしてしまいた
いのでしょうか？

「それでいいのよ。ここに来なさい。ここに来れば、
すべての悩みから解放されて、また幸せになれるわよ」

　いいえ、そんなことは望んでいません。

「それは間違いよ。みんなといることほど幸せなこと
はない！」。

　私が後ろ手に持っていた棒を彼女に投げつけると、
彼女は再び水に変わってしまいました。私は、彼女が

硬い土にしみこんでいくのを見ました。泉が再び揺れましたが、今度は水が人に変わるのではなく、ロビンを解放したのだとわかりました。

「ザニア、あなたは私を助けてくれた！」

と水を吐きながらロビンは言いました。彼女は私の方に走ってきて、私をしっかりと抱きしめました。

「待って、あなたは本物のロビンなのね？」

と私は笑いながら尋ねます。

「そうよ、ロビンよ。棒で叩いても水にはならないよ」

私はアルテアに使った棒を取りに行きます。ロビンに投げつけましたが、彼女は水になりませんでした。

「痛っ！　本当にそんなこと、しなくったって！」

「安全第一よ。さあ、行きましょう。残りの2つの道の鍵がわかったから」

しばらくすると、3つの道に分かれる地点に到着しました。

「カイとピーターはどこにいるの？」

「あなたのエレメントは動物たちとつながっているから、あなたを見つけるためには森を通らなければならなかったの。つまり、カイとピーターを探すには、他の2つの道を通らなければならないということね」

「で、どっちから始めればいいの？」

私は道を見て言いました。

「カイを助けに行こう！」

　風の強い平原に向かうと、まるで新しい世界に来たかのように天気が変わります。何もかもが気分を暗くさせます。毛糸のような雲に代わって、灰色の雲が広がってきます。霧で何も見えないし、風が強すぎて、ほとんど何も聞こえないのです。

「私たちはどこに行くのかしら？」

　と、ロビンが聞きました。

　すぐに、村がはっきりと見えてきました。それはエルフの村と同じです。近くの木の下のベンチに、エルフが座っているようです。

「テニエル！」

　ロビンが叫びます。

「とても会いたかったわ。あなたに連絡を取ろうとしたけど、できなかったの。ああ、とても会いたかったわ！」

「ロビン、一緒にいてほしいんだ。君のことがとても好きだから、ずっと一緒にいたいんだ。僕と一緒に来て！　この村にある小さな家に泊まろう」

　ロビンは自信なさげに私を見て、テニエルの方に向きました。

「友達を置いていけない」

「ロビン、君は人生の中で難しい選択をしなければならない。僕と友達のどちらかを選ばなければならない」

　ロビンは困りました。どうしたらいいのかわからないのです。彼女には後押ししてくれる声が必要で、その声にしたがおうとしています。

「ロビン、待って！　それはただの幻よ！　そいつは偽物！」

　彼女が振り向くと、その顔には困ったような表情が浮かんでいて、驚きました。

「ザニア、一度でいいから私のことを考えてくれない？　テニエル、一緒に行こう」

　2人は振り返って去っていきます。そのままにしてはいけない。私は駆け出して、2人を止めました。

「ロビン、私を信じて」

「ザニア、お願いだから！　邪魔をしないで。やっと私を好きになってくれた人がいるのに、信じられないの？」

「それは幻よ！」私は繰り返しました。

「幻では幸せになれないわ。彼の目を見て、初めて会った時のような、恋に落ちた時のような、同じ光を持っていると言ってみて……」

ロビンは眉をひそめて、
「それが必要なら、そうするわ」
　と言いました。
　彼の目を見ると、ロビンから笑顔が消えました。彼女は私の近くに来ました。テニエルは不安そうにしています。
「ロビン！　君は信じられないのかい！　君の幸せは彼女に邪魔されてしまうの？」
　ロビンの目には涙が浮かんでいて、初めて彼女の必死さがわかりました。もう耐えられない！
　この光景を見て、何もしないわけにはいきません。私は火の玉を作り、彼にぶつけました。彼は水になってしまいました。
「世界の泉の水よ。幻想なの！」
「ごめんなさい！」
　ロビンは言いました。
「あなたを信じなくて、あなたの話を聞かなくて、あなたを怒鳴ってしまって、ごめんなさい。ただ、一瞬、そう思っただけ……」
　彼女の顔はいつもより赤く、そばかすが目立っています。私は彼女を抱きしめて、落ち着くのを待ちます。
「さあ、ロビン。カイを助けなきゃ！」

彼女はブラウスの袖で涙を拭いて、準備ができたと言いました。

「さて、彼はどこにいるだろう？」と聞きました。

「アルテアを倒したとき、どうやって私を見つけたの？」

「あなたは泉から現れたのよ」

「それならカイは近くにいるはずだわ」

「カイはそこかも！」と言いました。

　私たちが偽物のテニエルを発見したとき、彼が座っていたベンチに影を落としていた木を見上げてみます。その木には巨大なクモの巣が張り巡らされていて、巣の中には、さらに大きなものが閉じ込められていました。まるでミイラのようにカイがぐるぐる巻きになっていたのです。ロビンが顔を上げると、血の気が失せていきます。

「火をぶつけてみる！」

　と私は言います。

「だめよ！　カイが怪我しちゃう！」

「それなら、彼を解放するために行かなければならないわ」

「そう簡単にはいかないかも」

　巨大なクモが見えてきました。目がいくつもあり、

足には毛が、口には牙が生えています。クモの目的は
ただ1つ、私たちを夕食にしようとしているのです。
　「ロビン、準備して！」

15章

予期せぬ客たち

「ザニア、私がクモを引きつけてみる！　その間にカイを逃がしてきて！」

　ロビンはエレメントを使ってクモをおびき寄せ、私は木に登りました。クモは私に気づいたため、長くはじっとしてはいませんでした。クモの足は私の方に動き出しました。

「来た！」ロビンが叫ぶ。

「わかった！」

　私はカイのそばに行きましたが、遅すぎました。クモは私のすぐ近くにいる！　火だ！　そうだ、そうだ！　火だ。私は火を起こしてクモの眉間に当てました。不幸にも、私はクモをさらに怒らせてしまっただけでした。クモが牙を速く動かし始めたので、クモが空腹であることがわかります。私は恐怖と混乱に陥り、血中にアドレナリンを感じます。クモは私の上に覆いかぶさり、私を飲み込もうとしています。

「ザニア、見て！」

　私は身を伏せ、両手で頭を隠しました。クモは叫び
ながら何キロも後方に飛んでいきました。驚いて起き
上がり、周りを見回しました。

「カイ！」

　カイは私の後ろに立っていました。少しフラフラし
ていますが、彼の首に静脈が浮き出ているのがわかり
ます。クモを吹き飛ばしたのは彼でした。彼にはまだ
クモの巣のかけらがかかっていて、その左にはロビン
が座っています。私は彼を抱きしめました。

「ありがとう！　何があったの？」

　カイは混乱して尋ねます。

「わからないよ。私たち４人は一緒に『入口』を通過
したけど、別々の場所に投げ出されたんだ」

「ピーターはどこ？」

「まだ見つかっていないんだ。もう１つ道があって、
そこにいると思う」

「道？」

「さあ、行こう」

　道が二手に分かれる地点に向かいました。石の多い
方の道はまだ残っていますが、暗くて不気味な感じが
しました。私は歩き出しました。背筋がゾクゾクする

ような感覚がします。何かが私に、これは最も困難な
道になるかもしれないと伝えているようです。
「私、ここは嫌！」
　ロビンは、自分の声を聞きたくて言ったようです。
「ピーターを助けなきゃ。迷っている場合じゃない！」
　大きな岩が四方八方から取り囲み、巨大な山になっ
ています。後ろから物音がしました。
「今のは何？」カイがびくっとしました。
「そんなことわかるわけないでしょう」とロビン。
「あれはただの石だったんでしょう？　ただの石だよ
ね？」
「うーん、ただの石じゃないと思うよ。生きているの
かもしれない。あいつらとてもお腹が空いているのか
もしれない」
　ロビンはカイを怖がらせることができたのを見て、
誇らしげな笑みを浮かべています。
「ザニア、それは本当じゃないよね？　お願いだから
嘘だと言ってよ！」
「しーっ」
　私は指で唇を隠す。再び音が聞こえてきますが、さ
らに大きな音。そしてそれは近づいてくる……近づい
てくる……私の心臓は速く鼓動しています。胃から恐

ろしい感覚が始まり、喉に止まり、今にも吐き出しそうです。積み重なった岩の後ろから人間が現れました。それも、ただの女性ではなく、カイの母親のヨーコです。

「カイ、こっちにおいで！　会いたかったよ。家族みんなで心配していたけど、もう大丈夫。もう怖がらなくてもいいのよ」

　そんな彼女を見て、カイは動揺しました。嬉しそうに走っていったかと思うと、1歩手前で立ち止まってしまいました。正直なところ、カイの母親がここにいるのはかなりおかしなことです。

「ママ、どうしてここにいるの？」

「当たり前じゃない！　この地獄を終わらせに来たのよ。あなたを家に連れて帰るために」

　一瞬、彼女の言うことを受け入れるのかと思いきや、カイは彼女の目を見て、とんでもないことを言いだしました。

「僕のミドルネームは何？」

「え？」

「僕のミドルネームは何？」

　と言ったのです。

「え？　何て？」

ヨーコも私たちと同じように混乱しているようです。
「カイ、私はあなたの母さんよ、あなたの名前ぐらい、知っているわ」
「証明してよ。言ってくれれば信じてあげるよ。あなたが私の母であることを信じるよ」
「それが私の息子を取り戻すためにしなければならないことならば、構わない。マクフリンガ、それがあなたの名前よ」
　気まずい沈黙が訪れました。堪忍袋の緒が切れたヨーコは、とうとう怒り出しました。
「さあ、来い！」
「さ……」
　カイが囁く。
「何？」
「私の名前はマクフリンガス。これはママとパパしか知らない。あなた以外には誰にも言ってないの！」
　ロビンは笑いを隠そうとする。カイが私たちの近くに戻ってきます。

145

「ローズ、ロビン……僕たちが何をしなければならないかわかっているよね」

ロビンと私は顔を見合わせ、一緒になって容赦なくカイの母親を殴りました。白い光が彼女に触れ、バランスを崩しましたが彼女は倒れず、私たちを見ました。皮膚がまるで服のように落ちていきます。女は恐ろしい黒い怪物に変わりました。背中にはうろこがあり、巨大な口には大きな牙があり、まるで赤い液体で覆われているかのようです。彼女の目はミルクのように白く、ひどい臭いがしています！　濡れた犬よりもひどい！　死人みたいだ！

私はこの変身を呆然と見ていましたが、光のせいではっきりとは見えませんでした。その光が消えていくと、私たちを待っていたものに気づきました。

「ラタマ　ヒラマ　パ　コルラヴァ　タヴァ！　アットゥラミア　パ　イゴニマチ　キ　アア　ウトゥール！」

彼女の口からは言葉が聞こえず、訳のわからない声だけが聞こえてきます。私は何も理解できません。これは私が理解できない初めての言語です。

地面から小さい同じような怪物が這い出てきました。

「何これ……」

どんどん増えていき、怪物が出てきて海のように
なっていきます。
「ヴィ　インヴィ！」
　最後の叫び声は、怒っていて騒々しくなっていきま
す。怪物たちは大声で叫びながら私たちに向かって
走ってきます。私は恐怖で茫然となり、どうしたらい
いのかわかりませんでした。
「走って！」
　ロビンが叫ぶ。
「ピーターを置いていくわけにはいかないわ！」
　私は言いました。
「必ず戻ってくるよ。約束するから、さあ、逃げて！」
　私たちは背を向けて走りましたが、怪物は思ったよ
りも速かったのです。太陽が沈み始め、暗くなってき
ました。暗闇の中を走らなければなりません。冷酷な
風が吹き続けます。自分の心臓の鼓動がはっきりと聞
こえ、今まで本当の恐怖の意味を知らなかったことに
初めて気がつきました。確かに鳳凰に乗ったときは吐
き気がしましたし、自分のエレメントを発動するのが
怖かったのかもしれませんが、今になって初めて本当
の恐怖を感じました。生きるか死ぬかの問題なのです。
血の気が引いていくのを感じます。顔には汗がにじみ、

鳥肌が立ってきます。

「二手に分かれよう！　その方が捕まえるのが難しくなる！」

　カイが言います。ロビンと私はうなずき、別々の方向に走り出しました。近くで彼らの叫び声が聞こえ、逃げられないことに気づきました。頭が働かなくなり、理性的な思考ができなくなってきました。一瞬、声が聞こえました。

「私があなたを信頼するように、あなた自身を信頼しなさい」

　という声が一瞬聞こえました。太陽が沈む。声の主は、お父さんでした。

16章

奇妙な戦い

　積み上がっていく岩を見て、その後ろに隠れるようにして走りました。私の白い制服は破れていました。今は走って逃げるのが最後の手段です。父の言葉が頭の中で繰り返されますが、私を不安にさせます。

　故郷を思い出させて。どうか必要な勇気を与えて。

　私は岩の上を見て、2匹の怪物を見つけました。彼らは私を見つけようとし、嗅ぎまわっています。困ったな。1匹が近づいてくる。私の血管にはアドレナリンが流れているのを感じる。ある考えが頭に浮かびました。

　2匹の白い目を見て、見えていないことに気づきました。彼らは私を見ることはできないけれど、私の声や匂いを聞くことはできるようです。私は石を拾って、反対方向に投げました。すると、彼らは匂いを嗅ぐのをやめて、そちらに行きました。やった！　これが私の逃れる方法なのです。

すべてが上手くいっています。あとは、他の怪物に見つからないように、カイとロビンを見つけるだけ。でも、言うは易し、行うは難し。私にできることは、隠れていた場所から出てきて、元いた場所に戻ることだけです。石畳の道に何もいないことを確認して、歩き始めます。興奮しすぎて、吐き気がしてきました。

「私は進み続けなければならない！　私は……」

　後ろから重い足音が聞こえてくる。私は自分のエレメントを呼び出します。

「誰なの？」と囁いてみました。

「ザニア？」

　ロビンとカイが私の前に立っているのが見えます。ロビンの髪は茶褐色に汚れています。彼らの服は、私と同じように破れています。

「どうやって私を見つけたの？」

　私は尋ねました。

「君を探していたんだよ！」

　カイが答えます。

「とにかく、そんなことはどうでもいい。ピーターを助けなければ」

「どうやって助けるの？」

「アバロン先生は、私たちのエレメントを融合してよ

り強くなる必要があると言ってたよね。そうしよう」

　暗闇の中でカイが微笑んでいるのが見えます。

「さあ、何を待っているの？　やっつけるべき怪物がいるんだから」

　怪物が近づいていてきます。

「ピーターを探して！」

　私は小声で言いました。

　そして、カイの「お母さん」に会った場所に着きました。そして、巨大な蟻塚に向かいました。

「怪物たちは何かをしていたようね……」ロビンが言います。

「殺そうと思ったら、中に入らないと！」と私は声を張り上げました。

「それじゃ自殺行為だよ！」とカイ。

「ロビンが彼らの注意をそらすことができれば、できなくはないかも」

　2人でロビンの方を向きます。

「駄目だよ。そんなことできないよ。やったこともないのに！」

「ロビン、あなたが唯一のチャンスなの。少なくとも、やってみてよ」

「ザニアの言う通りだ。やってみるしかないよ」

私は悲しげな子犬のような顔をして彼女にお願いしました。ロビンはため息をつき、そしてうなずきました。
「いいわ、やってみましょう。でも約束はできないわよ」
「ありがとう」私は微笑みながら言いました。

「準備はいい？」
「いいよ！」
　2人はそろって言いました。
「さあ、行こう！」
　蟻塚に入るためには、大きな開口部に登らなければなりません。つかまるものがないので、登るのはかなり難しいのです。頂上に着いたときには、もうくたくたです。
「ここで諦めるわけにはいかない。ロビン、怪物たちを眠らせるようにして。カイ、あなたは私と一緒に来て」
　ロビンが自分の役割を果たしているのがわかりました。彼女は自分のエレメントを呼び出して、輝く緑色のボールを作っています。
「これで十分でしょう。煙が奴らを引き寄せるはずよ」

ロビンが言うまで気づかなかったのですが、その煙はひどい臭いがします。これで効果があるかどうかはわかりませんが、彼女を信じるしかないのです。怪物たちがこちらに向かってくるのが見えます。うまくいっているようです。

「ロビン、近づきすぎじゃないか？」

　カイが心配して言いました。

「忘れているかもしれないけど、僕たちは防御手段を持ってないよ。ねえ、ロビン！」

　ロビンは彼の話を聞かずに、自分で進めています。どんどん近づいてきて、攻撃されるかと思っていたら、ロビンがボールを落としてしまいました。怪物たちはまるで催眠術をかけられたようにそれを見ています。カイは、餌食にもならなかったので、ほっと一息つきました。

「ロビン、ここに残ってすべてが計画通りに進むようにして！　カイ、あなたは私と一緒に行きましょう！」

　私は言いました。

　私たちは、魔法が解けないようにゆっくりと蟻塚に入ります。怪物たちが見えなくなったのを確認してから、私たちは走り出しました。

「カイ、ピーターとお母さんに化けた怪物を探そう」

「怪物を探すのにどうしたらいい？」彼は息を呑みました。

「あいつは女王に違いないと思うの。あいつを倒せば、他の者も簡単に倒せるかも。蜂の巣のように、やつらは女王から命令を受けているはずだから」

「いつの間にそんなことを考えてたの？　あのね……そんなことはどうでもいいや。ピーターを探そう」

　走るのをやめて周りを見ました。

「蟻塚の核心部だ！」

　私は確信して言いました。

「なんでわかるの？」

　私は巨大な石を指しました。それは太陽のような黄色をしています。天井と床の間に鍾乳石と石筍<ruby>筍<rt>せきじゅん</rt></ruby>で根を張っているようです。私はその石が気になり近づいて行きました。よく観察してみると、石そのものは透明です。石の内側は黄色で、濃い色の細かい縞模様が入っています。思わず手を伸ばしました。

「ねえ！　ピーターを見つけたよ！」

　私は全神経をカイに集中させました。

「ピーターはどこ？」

　私は焦って言いました。

カイは私の後ろを指差してうなずいています。私が振り向くと、ピーターがそこに立っていました。私はとても嬉しくなり、彼の方へ走っていきました。

「ピーター！」

　私は彼に抱きつき、一瞬にして私の心配事がすべて消えました。

「ピーター！　私たちは逃げなければならないわ。怪物が……ピーター？」

　彼は私を見ようともしません。彼の青い目は、まるで何かの呪文にかかっているかのように、くすんだ緑色になっていました。彼は動かない。彼の顔には何の感情もない。彼は時間の中に迷い込んでいます。

「ピーター？」

　彼の背後から、怪物の女王が顔を出しました。

「ほほほ、なんて哀れなの！　愛はあなたを臆病にするのよ」

　彼女は私たちの言葉を話すことができるようです。

「あり得ない！　お前はここから立ち去れ！」

　カイが叫びました。

「匂いのするボールが私をおびき寄せるとでも思ったのか？　"メロウネス"の女王を倒すには、それ以上のものが必要よ。ほほほ」

　猫の爪が板を引っ掻くような声で、心底気持ちが悪くなります。でも、そんなことはお構いなし。やはりピーターのことが気になります。

「ピーターに何をしたの!?」

　私は怒鳴りました。

　女王は私を無視して答えません。彼女の姿はさらに暗くなりました。女王の足は地面から浮き上がり、髪の毛はまるで命を吹き込まれたかのように四方八方に浮かんでいます。

「サナ　イニイヤ！」

　ピーターが動き出し、私たちの隣に来ました。

「ピーター、やめて！」

　私は叫びました。

「哀れな子ね、わからないの？　彼は私からしか命令

を受けないのよ！」

　ピーターは進み続けます。彼はコントローラーで操作されるロボットのようです。

「ト　ナ　ウスラ！」

　ピーターは動きを速め、カイと私のすぐ近くに立ちました。彼が立ち止まると、私たちは一瞬、すべてが終わったように思えました。

「ト　ナ　ウソタ　ソナラ！」

「ピーターは彼女と戦おうとしているみたいだ！」

　カイが叫びます。

　彼女は手を動かして、地割れを起こしました。私は片側に、カイはもう片側に、ピーターとメロウネスの女王はもう片側に立っています。

「女王は僕らを分断したから、僕らはもう一緒に戦えない！」

とカイが叫びました。

　カイは怒ってピーターを殴り、彼は倒れてしまいました。

「ピーターを殴らないで！　忘れないで、彼はまだピーターよ！」

　しかし、ピーターの方が動きが速く、カイを殴り返しました。次は私だ。ピーターは私に目を向け、私を

殴ろうとします。私はそれを避けますが、彼は止めよ
うとしません。彼はもう一度私を殴ろうとしましたが、
私は自分のエレメントを出し、同時に彼を殴りました。
両者の力がぶつかり合いましたが、私たちは諦めませ
ん。彼は自分のエレメントを維持し、私もそうしまし
た。私の体はふるえながらも、燃えています。この数
分が勝負です。私は諦めません。私はもっと集中して、
自分のエレメントをできる限り強烈に保ちました。彼
が苦しみ始めたのを見て、私は彼に同情しました。私
は彼を殴ることができません。額に汗がにじみます。
これ以上は無理だ。止めるしかないのだと感じます。
「お前は彼には勝てない！」

　粉々になった地面の別の場所にロビンが現れました。
ロビンは私と力を合わせ、カイもそれに倣います。
「大きな標的を狙って！」
　私は叫びます。
　顔からは汗が流れ落ちてきます。ピーターを心配し
始めましたが、彼を諦めませんでした。
「ピーター、お願い！　思い出して。あなたはそんな
んじゃない！」
　彼が聞こえているとは思えませんでしたが、私たち

は何かしらでつながっているようです。彼の表情が変わり、私には彼が聞こえているように見えました。

「助けて、ピーター！　私の声が聞こえているはずよ！　正気に戻って！　女王に操られないで！」

　私はロビンとカイを見て、頷きました。私たちはエレメントを振り上げて女王にぶつけました。女王は倒れました。

　女王は「ぐわああ、やめろ！」と叫びました。

　彼女の声はさらに恐ろしく聞こえます。

「愚かな子たちよ。愚かな子たちよ！　あなたの友達が魅惑の呪文をやめたことに気づかないの？」

　彼女はにっこり笑って手を上げ、唱えている。

「ラタマ　ユサア　タア！」

　彼女は呪文を止めて笑い始めました。後ろから叫び声が聞こえてきて、大変なことになっていることに気づきました。

「ロビン、早く何とかしてくれ！」とカイ。

「無理だよ！　私には無理」

　私たちは困惑して顔を見合わせました。

「一体どうしたらいいんだ？」カイが聞きます。

　叫び声が近づいてきました。私はここですべてが終わってしまうかもしれません。私はいつも希望を持ち

続けていますが、今は希望が何であるかさえわかりません。

「ちょっと待って、いい考えがあるわ……」

　私は口ごもりました。

　私は火の玉を発動し、黄色い石を倒しました。カイがそれを私に渡しました。黄色い石は光り始め、震えています。

「ザニア、これがすべきことなの？」

　ロビンが尋ねました。

「わからない！」

　怪物が私たちに向かってくるのが見えましたが、急に止まりました。叫び声を上げ、振り返り始めました。黄色い石と関係があるようで、私がそれを上に向けて掲げると、女王は深い遠吠えを始めました。

「あああああああ！」

　私は彼らが焼かれているような感じがしました。私はそれを高く掲げて、その石の魔力を作動させました。蟻塚に白い光が溢れました。そこから先のことは覚えていません。

17章

真のオーナーは誰だ？

　目が覚めると、本部の中庭にいました。目を開けると、上から見覚えのある顔がこちらを見ています。
「誰？」
　アバロン先生だ！　突然起き上がろうとしますが、めまいがして立てません。
「おいおい、無理してはいけませんよ。今日は大変な目に遭いましたね」
　私は呆然と彼を見ました。
「でも……なんでわかるの？　何も話していないのに」
「ああ、ローズ。ただのテストだったけど、君はきっと合格だよ」
「待って、何を言ってるの？　じゃあ、これは年末のテストなの？」
「その通りです！」
　周りを見渡すと、カイ、ピーター、ロビンが互いに笑い合っていました。他のグループの人も見えました。

多くの生徒たちが泣いています。汚れていたり、震えていたり、少し怪我をしている人もいます。

「でも、誰もケガをしなかったよね？」

「いやいや、事態が悪くなる前にテストを中止したんだ」

　ロビンが私の近くに来ました。

「ローズ、聞いた？」

　私はうなずきました。

「狂気の沙汰だよね？」

　と、カイが言いました。

「さて、ここに集まったからには、君たちに伝えなければならないことがある。テストに合格したのは君たちだけです。すべてのグループの中で」

　私が立ち上がってロビンに抱きつくと、ロビンは陽気に叫び始めました。

「みんなを誇りに思うわ！」

　私はみんなの言う通りに、自分たちのエレメントを融合させたからです。

「すべての課題を克服したのよ。私たちみんな、次のオーナーよ！」

　ロビンは、まるで『不思議の国のアリス』に出てくる猫のような、見たこともないような最高の笑顔を浮

かべています。ヘイリーとベイリーが目に涙を浮かべながら通り過ぎますが、私たちを睨みつけると、鼻をかみながら去っていきました。

「部屋に行って休みなさい！　君たちにはその資格があります」

アバロン先生は後ろからそっと押して私たちを促しました。生徒たちやがっかりした先生たちの横を通り過ぎて、私たちの部屋の前に着くと、

「夕飯を一緒にどう？」

ピーターが言う。

「今日はやめておくわ。とても疲れているの……」

私は答えました。

「じゃあ、明日ね。おやすみなさい！」

私は彼に微笑みかけ、自分の部屋に入りました。汚れた制服を脱いで、お風呂に入り、ベッドに横になりました。

「なんていい日なんだ！」

私はポケットの中の石を思い出し、それを調べるために取り出しました。

「その石は何？」

とロビンが尋ねました。

「蟻塚から持ってきたの。私たちを救ってくれた石よ」

アーニャとメアリーが一緒にいます。2人は泣いたようには見えませんが、アーニャは膝に大きな傷があり、メアリーは肘に傷があります。私は石を枕の下に隠し、その上に座りました。

「ねえ、どうしたの？」

　ロビンが心配して聞きました。

「私たちはメロウネスの女王を倒せなかった。アステリア先生が悪いことが起こる前にテストを止めてくれたからよかったけど……」

　メアリーが気づきました。

　一方、アーニャはそうは思っていません。彼女は口をとがらせています。その顔には失望感が見て取れます。

「おめでとう。おめでとう！　テストに合格したのはあなたたちだけだと聞いているわ。とても嬉しいわ！」

　メアリーが近づいてきて、私たちを抱きしめました。彼女は失敗したからといって動揺している様子はありません。

「ありがとう！」

　ロビンが答えました。

「ねえ、ローズ、それは何？」

　メアリーが私のナイトスタンドを指差します。私が

振り向くと、そこには箱がありました。

「知らない。見たこともないわ」

　私はよく見ました。クリーム色の紙に包まれていて、片面には「帰宅用切符」と書かれています。

　不思議だ。英語ではありません。それは星の言葉です。その言葉を知っているのは、星の人だけです。

「何て書いてあるの？」

　アーニャが尋ねました。

「わからない」

　私はとっさに嘘をつきました。

　私が彼らにノートを渡すと、彼らはそれを読もうとします。

「こんな言葉は見たことがないわ！」

　アーニャは眼鏡をかけながら言いました。

　私はパッケージを受け取り、包み紙を破り始めました。何層にも重なっていて、最後には小さくなっていました。それは小びんでした。中に紫色の液体が入っているボトルです。コルクには、星のキーホルダーがぶら下がっています。私はもう一度目をこらして見てみました。「帰宅用切符」ということは、やっと家に帰れるかも？

18章

帰宅用切符

「ロビン、ちょっと来てくれる？」

　ロビンが困った顔をしているので、私が手招きします。

「うん？　いいよ！」

　バスルームに入り、彼女に液体を見せます。

「私、嘘を言ったの」

「待って、何？」

　ロビンは大声を出します。

「慌てないで！　メモに書いてあることは、実はわかっているの。『帰宅用切符』と書いてあるの」

「それはつまり、帰る方法を見つけたのよね!?　帰り道がわかったってことだよね！　なんで走り書きがわかるの？」

「帰り道を見つけたのは私ではなく、誰かよ。それも、ただの走り書きではなく、星の言葉なの。ロビン、お願いだから私の秘密を守るって言って！」

私は小声で言いました。
「もちろんよ。誰にも言わないよ！」
「男の子たちに声をかけてみようかな」

　私たちは上の階に行き、ドアをノックします。
「ロビン、ローズ、この控えめな部屋に何の用だい？」
　カイが冗談を言いました。
　ロビンがカイの肩を叩いて言います。
「冗談を言っている場合じゃないのよ！」。
　彼女は部屋に飛び込んでいき、私もそれに続きます。
「さあ、教えて！　誰なの？　ザニアの秘密を話した
のは誰なの？」
　ロビンはとても怒っているようです。
「落ち着いて、ロビン。僕は何も言っていないし、
ピーターも言っていない。どうしたんだよ？」
「ザニアは今日、荷物を受け取ったの」
　小びんとメモを見せました。
「星の言葉で『帰宅用切符』と書かれている。問題は、
このことを誰も知らないこと、私と家族だけが知って
いるものなの」
　ピーターは小びんを手に取り、それを見ました。
「帰宅用切符……ということは帰れるということだね」

169

「うん……」

　と言いました。

　彼の声には失望感が漂っています。

「で、いつ出発するの？」

　いつ帰る？　考えたこともありません。

「わからないけど、1つだけ確かなことがある。私な
しでみんなをアルテアと戦わせるわけにはいかない」

　彼は私を見て笑顔が戻りました。

「他に私の秘密を知っている人に心当たりはない？」

　みんなで考えて、誰が知っているかを考えてみます。

「誰かに話した？」

　とロビンが尋ねました。

「いいえ、もちろん話していないわ。でも、校長先生
には会ったことがないし……」

「何事にも始まりがある」

「じゃあ、校長先生に会いに行こう！」

　カイとロビンと私は廊下を歩きながら、校長室のド
アを探そうとしましたが、そう簡単にはいかないよう
です。旗のある建物は想像以上に大きいのです。

「これじゃ、絶対に見つからないよ！」

　とカイが文句を言いだしました。

　そのとき、セレステが私たちの前を通りかかりまし

た。とても嬉しそうに私たちに抱きついてきました。それが意外と力があるのです。

「セレステ……息ができない」

「ごめん！　ただ、すごく嬉しいの！　あなたはテストに合格したのよ！」

　彼女は再び私たちを抱きしめてきます。ハグと言っていいのかどうか。

「セ・レ・ス・テ！」

「ああ、ごめん！」

　彼女が私たちを放すと、私たちは皆、深呼吸をします。

「廊下で何をしているの？　先生たちが合格を取り消すかもしれないよ！」

「校長先生に会いたいんです。教えてくれませんか？」

「校長は仕事を邪魔されるのを嫌がるわ。なぜ彼に会いたいの？」

「私たちは長い間ここにいて、一度も彼に会ったことないし。私たちは次のオーナーだから彼に会いたいのよ」

　セレステは私を見て、そして私のドレスのポケットの中の塊を見ました。私は、彼女はそれが何であるか

気がつかないことを願っています。

「いいわ、ついてきて！」セレステはそう言って歩き始めました。

やった！　うまくいったぞ。

校長室は最上階にありました。紫色の階段を全部登らなければなりません。

「ここよ！」

セレステは荒い息をしています。

重厚な木製のドアは落ち着いた色で、バラの花が刻まれています。茎が絡み合い、棘が突き出ているのが見えます。しかし、1箇所だけバラに触れていない場所があります。その場所には「ドゥバル」という文字が書かれています。セレステがドアをノックします。

「どうぞ！」

「ドゥバル先生、生徒たちがあなたに会いたがっています」

「中に入りなさい」

セレステはドアを押して私たちのためのスペースを作ります。彼女は私たちに手を振り、去っていきました。ドゥバル先生は振り返って私たちを見ました。

「ああ、次のオーナーですね！　どうしました？」

「今日、荷物を受け取ったのですが、誰から来たのか

知りたいんです！」

　と答えました。

　校長室には様々な惑星や星が飾られています。私は銀河系を再び見ることができてかなり嬉しかったけれど、他のことにも好奇心がありました。

「気にしないで。私があなたにそれをあげたのです」

　私は混乱して彼を見ました。

「どうやって、なんでわかったのですか？」

　彼の温かい茶色の目と、いかつい顔が対照的でした。髪の毛はすでに白髪になっていて、しわも見られます。私よりずっと年上です。彼は背が高く、黒いスーツ姿でした。

「ザニア、校長になると、生徒のことを知ることができます。私はあなたについてのファイルを探してみました。そこにあるのは、家族、生活、すべてが普通でした。すべてが完璧でしたが、あることで疑惑が生じました。あなたは忽然と姿を消し、また、突然現れました。姿を消す理由がなかったので、調べてみると、あなたは星だということがわかりました」

19章

トレーニング開始

「私たちが魔法に満ちた世界にいることを忘れていないですか？　これを理解するのは簡単ですよ」
「でも、なんで小びんをくれたのですか？」
「すべてが終われば、君は家族の元に帰れる。忘れてはいけないのは、この体はあなたではないということ。この体はローズ・マリーのものだ」
　確かにその通りです。夢中になりすぎて、自分の体ではないことを忘れていました。慣れるのが早過ぎました。
「条件つきでボトルを渡しました。アルテアを倒すのに協力するまで帰らないこと」
「わかりました」
　彼は私を見て嬉しそうに笑いました。
「もう1つ質問があります」
「どうぞ」
「どうやって星の言葉を知ったのですか？」

「きっと聞いてくるだろうと思っていました」

　先生は椅子から立ち上がると、初めてのことのように惑星を眺めながらオフィス内を歩き始めました。

「ザニア、私も星なのだよ」

　私は息が詰まり、自分が夢を見ているのかと思いました。

「すみません、どういうことでしょうか？」

「もちろん、わかるように説明しよう。私も星なのだよ。私はホレス・ドウバルではありません。私はスハイルです。30年以上もこの体にいるんだよ」

　スハイルという名前の親戚がいないかと考えてみましたが、とても遠い従兄弟のことしか思い出せませんでした。

「あなたが本部に来てくれると知ったとき、とても嬉しかった。あなたは地球に来た2番目の星です。本当は私もあのボトルを使って帰りたかったのですが、そうしませんでした。あなたの方が必要だと思ったのです。私は早く帰りたいとは思わないから、使っていいですよ」

　これで、すべてが理解できました。小びんも校長室も……信じられません。彼は私を見て微笑みました。

「さあ、ゆっくり休んで。明日はトレーニングの多い

難しい1日になりますよ」

　部屋に着き、横になって眠るまでいろいろ考えました。

　翌朝、鐘の音で目が覚めました。服を着て、朝食を食べに階下に行きました。

「おはよう！」

　ピーターが私たちを迎えてくれました。

「おはよう！」

「もし僕らが次のオーナーなら、他の人たちはまだここで何をしているんだろう？」

　カイが不思議がっています。

「来年もチャンスがあると思っているんだよ！」

　とロビンが答えます。

　私たちは朝食を終え、桜の木の庭でアバロン先生に会いました。

「君たちに伝えなければならないことがあります。私はしばらくの間、留守にしてトレーニングを休むことになります。代わりに誰かと交代します」

「誰が代わりになるのですか？」

　カイが尋ねます。

「私です」

私たちのすぐ後ろに、痩せて弱々しい女性が立っていました。風に吹かれてバランスを崩し、粉々になってしまいそうな顔をしています。背が高く、青白い肌をしています。重苦しい表情をしており、目は緑色。黒髪をポニーテールにして、腰まで伸ばしています。
「私はアルウィナ、代理教師になります」
　彼女の後ろで、アバロン先生は頭をかきがなら、悲しみの表情を浮かべています。
「アバロン先生はどこに行くんですか？」
「それは重要な問題ではないわ、あなた。こんな些細なことを考えている暇はありませんよ」
　些細なこと？　冗談じゃない、と思いました。
「今日から本格的な訓練を始めます」

20章

悪い知らせ

　日に日に、トレーニングは難しくなっていきました。アルウィナ先生は、私たちに大きなプレッシャーをかけてきます。彼女は私を一番嫌っているような気がします。毎日、最低でも1つは意地悪なことを言われます。

「ローズ、集中しなさい！　火の玉を自分では作れないの？」

　とか、

「なんだこれは？　冗談だと思っているの？　だったら帰っていいよ、ヒリヤードの女の子みたいに、これを望んでいる他の生徒と交代させますからね！」

　とか、

「お前は期待はずれだ！」

　とか散々なことを言われました。そのストレスのせいで、私はもう眠ることができず、さらに事態を悪化させています。

「ローズ、大丈夫なの？」

　朝食のとき、ロビンが聞いてきました。

　私は座って頭をテーブルにつけていましたが、起き上がって目を開けます。

「ええ、大丈夫。ちょっと疲れているだけで……」

　私はベッドに戻って言いました。

「あの先生はローズにプレッシャーをかけすぎだよ！」様子を見に来たカイが言います。

「それどういうこと？　教えて……」

　それにしても、今日は最も恐ろしい日です。これ以上悪くならないと思っていたのに、悪くなってしまったのです。

「今日は、お互いに戦ってもらう。ローズはカイと、ロビンはピーターと。今から始めなさい！」

　私たちは混乱してお互いを見ました。

「お互いに傷つけ合うということですか？」

「他の人と戦えば、もっと学ぶことができる。彼らがどんな戦略を持っているのか、どんなエレメントを扱っているのか、どれくらいの強さで打ってくるのかがわかるから、10倍強く打てるようになる」

　この女、頭がおかしい！

「申し訳ありませんが、誰かを傷つけたら、何も学べないと思います」
　と、ロビンが言いました。
「特に友達を傷つけてしまったら」
「お好きに。それはあなたが選択したことよ！」
　アルウィナ先生は手を動かして土を持ち上げ、巨人を作りました。巨人は息をし始め、とても興奮しています。そして、石でできたこん棒を持って、素早く私たちに向かってきます。
「彼らを倒さないと、あなたは傷つくことになるわ。失敗したときの気持ちを、身をもって知ることね！アルテアは簡単には倒れないわよ！」

巨人は近づいてきます。私は火の玉を作って投げつけましたが、無意味でした。石は燃えません。カイは突風を起こしますが、重すぎて吹き飛ばせません。ピーターが地面を2つに分け、ピーター以外の3人で巨人を中に押し込もうとしました。

「ピーター、助けて！」

　ピーターも参戦してくれたので、なんとか巨人を地割れに押し込むことができました。すると、巨人は元のように石になってしまいました。先生は驚きましたが、元の重苦しい顔に戻りました。

「あなたの戦略はよかったけれど、これではアルテアを止められない。さあ、今日は帰りなさい。明日会いましょう」

　もう二度と彼女に会いたくない。なぜアバロン先生が私たちを彼女に預けたのか理解できません。たとえ私たちが成功したとしても、彼女は嬉しくないのです。

　私たちは振り返ってその場を立ち去りました。

「今夜、バラ園に行かない？」

　ピーターが聞いてきました。

　ピーターは私をデートに誘っているのだろうか？夢でも見ているのかな？

「ええ、もちろん！」

私は動揺してしまいましたが、必死で平気な顔をしました。
「やった！」

　私たちは5番のドアで止まり、男の子たちは上の階に行きます。私たちは部屋に入り、私は飛び跳ねて歓喜の声を上げ始めます。アーニャとメアリーがここにいないのはラッキーでした。
「ピーターっていいわよね？」
　とロビンに聞きます。
「ザニア……」
「彼ってかっこよくない？　言っちゃおうかな、私、いけそうな気がする！」
「ザニア、ダメよ。まだピーターとつき合ってるわけじゃないんだから！」

21章
失意

　私は立ち止まり、ベッドに座って動揺しているロビンを見つめました。

「どうして？」私はついに尋ねました。

　ロビンは何も言いません。まるで自分が何を言おうとしているのか恐れているようです。

「どうしてよ！」私は強く聞きました。

「彼がカイと話しているのを聞いたからよ。彼は、あなたをナイーブで愚かだと言ってたわ。彼にとっては、すべてが冗談であり、楽しむことだけが目的なの。でも、私はあなたの友達だし、あなたに傷ついてほしくないから、このことを話しているの」

　胸に痛みを感じます。何も食べなかったのが幸いでした。そうでなければ、吐いていたでしょう。部屋全体が揺れ始めています。

「トイレに行ってくる」

　私はトイレに入り、泣き出してしまいました。どう

してあんなことを？　ピーターはどうしてあんなこと
を言うの？　一瞬、ロビンが嘘をついているのではな
いかと思いましたが、彼女は私の友人であり、彼女を
信じなければならないことを思い出しました。鏡を見
ると、台無しになった顔が映っていました。私の顔は
赤く、目には涙が浮かんでいます。涙が毒に変わって
目を焼いているのを感じます。頭が痛くなってきて、
ピーターのことを忘れたいと思いはじめました。トイ
レから出て、ロビンに抱きつきました。
「ザニア、泣かないで！　泣くことはないわ！　あな
たを選ばないなんて、彼は馬鹿よ！」
　泣いている私をロビンが励まそうとしてくれます。
「庭には行かないって言っておくわ」
「いや……私が行って彼に自分の考えを伝えるよ」
　私たちは服を着て、泣いたことを見られないように
顔を洗います。わざわざ着替える必要はありません。
最初に本部に来たときに着ていた服で行きます。
「準備はいい？」とロビンが聞きました。
「準備完了！」と私は答えました。
　私たちは外に出て、庭に向かいます。到着すると、
男の子たちが芝生に座っておしゃべりをしています。
「ザニア、ロビン、やったね！」

私は心の底から彼に言いたかったのですが、できません。私の口を見ても、自分の気持ちを伝える勇気がありません。私の唇は鉛のようになって開きませんでした。私の心臓は動揺して速く鼓動し始めます。胃が逆さまになり、感情的になっています。誰も助けてくれない海の中に引きずり込まれたような気がしました。彼が私に微笑んでいるのが見えますが、初めて私は微笑みを返しませんでした。口の中が乾いて、言葉を発することができません。彼は恥ずかしげもなく私の前にいるのです。彼が陰で言ったことを私が知ったことを彼は知らないのです。

「ザニア、どうした？　大丈夫？」

　彼は眉をひそめて尋ねます。

「うん」

　私は乾いた声で答えます。

　風が再び夜のメロディーを奏で始めます。私は鳥の巣を見ました。3羽のヒナ、お父さんとお母さんがお互いに愛し合っています。これが私を孤独にし、不安にさせ、ロビン以外に誰を信じていいのかわからないことに気づかせます。自分が失敗していること、間違いを犯していること、肩に重荷がのしかかって押しつ

ぶされそうになっていることを感じます。空は暗くなり、星と月だけが輝いています。

「庭を案内するよ」

　少年たちは、庭に咲いているさまざまな種類のバラを見せてくれます。そこには「The S.A.M.C.'s バラ園」と書かれた金属製の板があります。「注意してください。危険種。専門家なしでは入らないでください！」と書いてあります。

「どうする？　入ってみようか？」カイが尋ねるので、「いや、やっぱり、やめておこう。しかも、バラに食べられるのはごめんだわ！」

　と私は言いました。

「さあ、ザニア！　リラックスして！　きっと楽しいわよ」

　ロビンはそう言って、私たちは庭に入りました。

「ほらね。何もない、何も起きない！」

　カイの後ろでは、サーカスが繰り広げられています。バラが舌を出していたり、シャボン玉を作っていたり、ダンスをしていたりしています。

「うわー！　これはすごい！」

　ロビンが言いました。

「こんなの今まで見たことないよ！」

私もバラを見て驚きました。それぞれが何かユニークで特別なものを持っています。中には、ピンクや緑など、暗闇では見えない新しい色のものもあります。
「あれは何だ？」
　ピーターが言いました。
　遠くから歌声が聞こえてきます。しかも、庭にいるのは私たちだけのはずです。私たちは声のする方へ行ってみると、驚いたことに歌っているのはバラの花でした。その繊細な歌声は、私たちの耳を楽しませてくれます。楽器がいくつかあれば、ちゃんとしたショーになるでしょう。私たちは草の上に座って、彼らの歌声に耳を傾けます。

私たちの話を聞いて

　どこに行けばいいのかがわかります

　本部からは遠く、１時間以上はかかるでしょう

　どうやってアルテアを倒すの

　あなたの行く手には大きな困難が待ち受けています

　しかし、あなたはその強力な一撃を克服するでしょう

う

　最後には悲壮感はなくなります

　あなたは彼女を倒す秘訣を持っているのだから

　バラたちは歌うのをやめて、私たちを見ています。

「どう思う？　本当かな？」カイが聞きます。

「もちろんだよ！　さっき歌ったばかりだもん！」

　と黄色いバラが答えました。

　私たちは彼らとお互いに顔を見合わせました。

「いいかい、無駄にする時間はあまりないよ。アルテアは準備をしていて、あなたはバラの歌を聴いている。彼女はすでに優位に立っている。歌を覚えている？」

　私は記憶を頼りに繰り返してみました。

「私たちの話を聞けば、どこに行けばいいのかわかります

　本部からは遠く１時間以上はかかるでしょう……」

「そうだ！」私は言いました。

「全くその通り！　それが君の助けになる。さあ、行ってこの歌のことを考えてみて」

　私たちは振り返って、バラ園を出ました。

「明日、トレーニングの後、図書館で会いましょう！」

22章

ロビンではないロビン

　朝食の後、桜の庭で練習の準備を始めました。

「ねえ、ローズ、昨日は庭でゆっくりおしゃべりできなかったね。今日は僕と会ってくれないかな？」

　ピーターが恥ずかしそうに聞いてきます。

　侮辱された挙句、デートに誘われるなんて。もしかしたら、私をバカにしたいだけかもしれない。いや、そんなことはさせてなるものか。

「ピーター、駄目だよ。私、ロビンに会わないといけないの」

　私は立ち去りました。もし振り返っていたら、彼の悲しそうな顔を見ていたでしょう。角を曲がったところにロビンがいて、会話を聞いていました。

　ロビンは「やったね、ザニア！」と言い、さらに「勇気ある行動だったわね。今、あなたは傷ついていると思うわ」とつけ加えました。

　今日のロビンはどうしてこうするのかわからないの

ですが、彼女の言葉はどうみても事態をこじらせよう
としています。私は彼女を気にしていませんでした。
よく眠れなかったからかもしれません。私はいつもの
ように彼女に答えます。

「私は傷ついていないわ。ピーターなんかもう気にし
ない」

　アバロン先生が笑顔でやってきました。私は先生に
会えて嬉しかった。アルウィナ先生は全然好きじゃな
いから。

「オーナーの皆さん、おはよう！　こう言えるように
なったのは素晴らしいことだと思います。今日はト
レーニングを行います。新しいことはしません」

　彼の笑顔は楽しそうで、落ち着いているのがわかり
ます。私は今、彼とは正反対の立場にいます。

「さあ、やろうぜ、オーナーズ！」この言葉をトレー
ニング中に何度言うことになるのでしょうか。

「ザニア、君の番だ！　あなたが持っているものを見
せてください！」

　炎を作って葉っぱの山に投げつけると、たちまち燃
え上がります。

「いいね。次はロビン」

　ロビンはストレスを感じているようですが、彼女に

しては珍しいことです。普段の彼女なら自信に満ち溢れ、勇敢です。彼女は私と交替して自分のエレメントを発動させようとしますが、全く違うエレメントを発動させてしまいました。

「うーん、どうしたんだ？」

アバロン先生は言います。

「ロビン、どこで覚えたんだ？」

彼女は答えず、何かを思い出そうとしているように、顎をさすります。

「わからない」

「わからないの？」

先生は、銀色のジャケットのポケットからボトルを取り出しました。中には青くて粘り気のある液体が入っています。彼は瓶を開けて、中身をロビンに投げつけました。

「それは何？　腐った魚のような臭いがする！」

カイが鼻を塞いで言います。

「これはロビンの肌の下にいる"本当の姿"を見るための薬だ」

最初は何を言いたいのかわかりませんでしたが、ロビンの皮膚が動き始めるのが見えました。赤い髪が金髪になり、目の色も変わっています。彼女の白い肌は、

より暗い色合いになりました。数秒後、ヘイリーが私たちの目の前に立っていました。

「思った通りだ！」

とアバロン先生が叫びます。

「さあ、エムリーズ先生のところに行きましょう！生徒諸君、今日は休みだよ。トレーニングはなしだ」

アバロン先生は彼女の手を掴んで引っ張って行きます。

「放して！　親に言いつけて後悔させてやる！　絶対に！」

しかし、先生はお構いなしで彼女をただの物のように引きずっていきます。

「ヘイリーがロビンなら、本物のロビンはどこにいるの？」と私は尋ねました。

みんなで顔を見合わせていると、カイが素晴らしいアイデアを思いつきました。

「ベイリーなら知っているかも」

私たちは皆、ベイリーを探しに行きました。私たちは本部に入り、誰か助けてくれる人を探しました。私たちの目の前に、廊下を歩いているセレステがいました。どうやってかはわかりませんが、彼女はいつもよいタイミングで現れます。

「ねえ、セレステ、ベイリー・ヒリヤードを見た？」
「彼女はちょっと前まで廊下を歩いていましたよ」
　私たちは彼女を探しますが、他の生徒たちがいっぱいいるので、なかなか彼女を見つけられませんでした。私の方を見ているにこにこしている顔が見えましたが、その後彼女は走り去ってしまいました。
「ベイリーだ。ベイリーがいた！」
　走っている姿を指差しながら、私も走り出します。私は彼女の隣に行き、彼女の肩を掴み、彼女を抱きしめます。
「ベイリー……ロビンはどこ？」
　息が上がっているときに話すのは難しいですが、彼女は私を見て、彼女が私の言うことを理解していることがわかりました。
「私は……あなたには言えない！　ヘイリーと約束したの！」
「私が頼んだら教えてくれるよね」
　後ろから声が聞こえてきます。振り向くとドゥバル校長がいました。
「ベイリー、ロビンのところに連れて行きなさい！」
「知らないわ」
「さあ、言われた通り答えなさい」

先生はとても落ち着いていますが、その声には威厳に満ちたものを感じます。

「ドウバル先生！　助けてくれてありがとう、でもどうして助けてくれるのですか？」

　と私は尋ねます。

「まあ、生徒が行方不明になっているので、校長として解決するのは私の義務です。それに、学校の第一印象がよくないし……」

　と先生は私にウインクし、微笑みました。

「さあ、ベイリー。今すぐに」

　ベイリーは眉をひそめ、両手を腰に当てます。彼女は何か言おうとして口を開きましたが、ドウバル校長が顔をしかめています。彼女は振り返り、学校の地下にある倉庫に向かって歩き始めました。地下室はS.A.M.C.本部の中でも最も怖い場所の1つです。壁には歴代校長の写真が貼られています。その目はまるで私たちを見ているようです。ぽっちゃりした男性、スリムな男性、ハゲや長髪の男性、そして女性まで、たくさんの肖像画の前を通り過ぎて行きます。

　金属製のドアの前に来て、ベイリーは鍵を探そうとしました。「ベンジャミン・ハーベイ」と書かれた写

真を見て、彼の首にかけられた金色のペンダントを触りました。肖像画は音を立てて開き、箱が出てきました。ベイリーはその箱を手に取り開けました。中には大きな黒い鍵が入っていました。彼女がドアを開けると、ロビンがいくつかの大きな箱に乗って、通気口のようなところにいるのが見えました。

「ローズ、カイ、ピーター！」

彼女は箱の山から飛び出して、私たちに抱きつきました。ロビンは鍵を持って立っているベイリーを見て、殴りかかりました。

「待って！　待って！」とカイが叫びました。

ピーターとカイは彼女の手をつかんで止めました。

ベイリーはドゥバル校長の後ろに隠れて無邪気な顔をしています。

「あのね、ベイリーがいなかったら、君を見つけられなかったんだよ」ピーターが言う。

「そうよ、私に感謝するべきよ！」

ロビンは私たちの手から離れようとしますが、もう手遅れです。ベイリーは言うべきではなかったことに気づき、再び校長の後ろに隠れました。

「君たち、やめなさい。さあ戻ろう」

校長は私たちを部屋に連れて行きました。

「1日の冒険はもう十分だ。ベイリー、君と君の姉には大きな問題がある。私のオフィスへ来なさい。今すぐにです」

　校長先生は私たちに微笑んで去って行きました。部屋に入ると、ロビンがまた私を抱きしめてくれました。

「ザニア、もしヘイリーが何か言ってきても、それを信じちゃだめよ！」

　そのとき、私は気づいたのです。これまでにせものロビンが言っていたピーターの話は全部嘘なんだ！と。

23章

小さなトーテム

　私は必死になってロビンを見ました。

「どうしたの？　何かあったの？」とロビン。

「ヘイリーはいつからロビンに変身していたの？」と聞いてみました。

「2〜3日前からよ。男の子たちがバラ園で会いたいと言った後だった」

　私の人生は台無しだ！　ピーターはただ親切にしようとしただけなのに、私は……。

「ザニア、どうしたの？」

「何でもないわ、すべてヘイリーに操られてたなんて。ピーターと話をしなければならないの」

　私は振り返り、部屋を出ました。階段を駆け上がり、ピーターとカイの部屋の前で立ち止まり、怒鳴らないように気を落ち着けて、ノックしました。

「ザニア、どうしたの？」

　カイが聞きました。

「ピーターに話があるの。急ぎで！」

「彼は出て行ったよ」

「待ってよ、どうしたって？」

「ちょっと前に出て行ったよ。彼は滝の近くにいると思う。結構動揺していて、少し考える時間が欲しいと言ってた」

「ありがとう！」

　私はそう言って走り出しました。

　私は本部を出て、生徒たちの集団の中を進みます。滝の前に着くと、金髪の少年が遠くを見つめていました。

「ねえ、私もここに座ってもいい？」

　ピーターは振り返り、急に明るい表情になりました。

「いいよ」

　私は彼の隣に座り、水の音に耳を傾けました。

「あのね、ピーターに伝えたいことがあるの。昨日、庭で私ひどいことをして、あなたに二度と会いたくないと思ったの。でも、今になって、あれは全部ヘイリーのせいだとわかって……。ロビンだと思っていたのはロビンじゃなくて。ピーターが私の悪口を言ったって彼女が言うから、私、怒ったの。それで、あなたを無視することにしたの」

私の口から出てくる言葉はとても速く、彼が理解しているかどうかはわかりません。彼は一瞬困って、滝を見ました。

「なるほど」

「お願いだから、怒らないで。知らなかったの……待って、わかった？」

「うん、君のせいじゃないよ。君は無意識に操られていたんだ」

　彼は振り返って私を見ました。私の胃は逆さまになりそうです。私は彼が私を見るたびに、同じようなめまいと喜びの感覚を覚えるのです。

「君がストレスを抱え過ぎてたのはわかっていたよ。オーナーズの件は突然のことだったけど、僕たちはみんなここにいる。何か困ったことがあれば、言ってよ」

　彼は立ち上がり、私に手を差し伸べました。

「さあ、カイとロビンのところに行こう」

　彼は私が立ち上がるのを手伝ってくれて、一緒に部屋に行きました。私たちはしばらくの間、おしゃべりをしました。太陽はもう沈んでいます。暗い空を照らすのは私の家族だけです。私は心の中で、すべてが元通りになったことを喜びました。

翌朝、トレーニングを終えたカイは、あるアイデア
を思いつきました。
「ちょっと歩いてみない？　つまり……僕たちは新し
い世界にいるよね。魔法がいっぱいあるのに、その場
所をまだ探検してないんだよね」
「それはちょっと。何があるかわからないし」
　私は心配になりました。
「さあ、ザニア！　そんなに怖がらないで。だって、
僕たちは未来のオーナーなんだから」
　私は何と言っていいかわかりません。大丈夫じゃな
いのはわかっているし、もし誰かに捕まったら大変な
ことになります。でも、私たちは未来のオーナーなの
だから……。
「わかった」
　カイは嬉しそうに私たちを案内してくれました。本
部の中庭を出て、裏庭を通ります。いつもトレーニン
グをしている桜の庭を通り過ぎて、森の中へ。庭を囲
むフェンスを登り、進みます。何の変哲もない森です。
少し歩くとテラスのある建物がありました。
「ほらね。これは人が座って休むためにあるんだよ。
きっと！」
　カイは私たちを落ち着かせようとします。

私たちは中に入り、テラスに座りました。ここは本当に美しい場所でした。普通のことが恋しくなります。周りを見渡すと、背の高い古い木があります。そよ風と太陽の暖かさが顔に伝わってきます。まるでおとぎ話の世界のようです。私は想像力を膨らませて、不思議な気持ちになります。

「次は何？　妖精？　人魚？」

　時間はどんどん過ぎていきます。1時間が経っても私たちはまだここにいました。

　物音が聞こえるまでは、すべてが順調でした。

「あれは何？」ロビンが囁きます。

「足音だと思う」

「早く隠れて！」とピーター。

　私たちはテラスにあるベンチの下に隠れ、見られないようにしました。足音は私たちがいる場所から1歩離れたところで止まりました。エムリーズ先生だ！

「彼はここで何をしているんだろう？」カイは不思議がりました。

「静かに！」私は言いました。

　エムリーズ先生は、後をつけられていないか確認するように、周りを見回しています。彼はシャツの下か

ら奇妙なシンボルがついたペンダントを取り出しました。それは、ひし形の中に無限大の記号が入っているように見えました。その中から不思議な声が聞こえてきます。その声を聞いた私はデジャブがよみがえってきました。どこかで聞いたことのある声ですが、どこで聞いたのかはよくわかりません。

「アルテア様、私はここにいます」

とエムリーズ先生が言います。

アルテアの声がしました。ロビンを助けたときに"世界の泉"で聞いた声。ペンダントが返事をしました。「3歩進みなさい」

エムリーズ先生は3歩進みました。

「さて、探しているものはあの木の近くにある。右側だ」

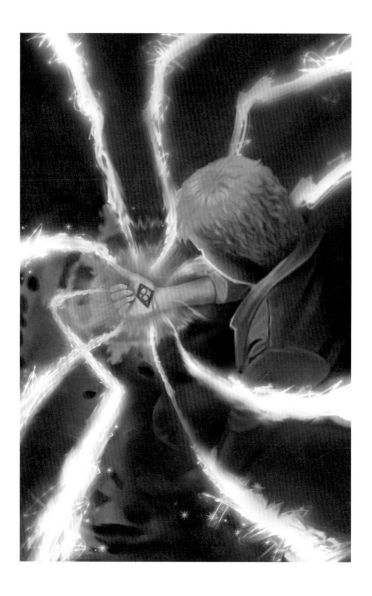

先生は手で掘り始めると、同じシンボルが描かれた小さなトーテムを取り出しました。

「あったぞ！」

「完璧だ。明日の真夜中にここで会おう」

　そう言って、会話は終わりました。彼はもう一度周りを見渡して、去っていきました。数分後、私たちは立ち上がりました。

「何だったのかな？」とロビン。

「わからないけど、1つだけ確かなことがある。明日の真夜中にここに来なければならない！」

　と私は言いました。

「本当に彼がアルテアに話しかけていたと思う？」

　とロビンが聞きました。

　私たちは隠れていた場所を出て、本部に向かいます。

「わからないけど、確かめる方法は1つしかないよ」

　私たちはフェンスの近くに行き、フェンスを登り始めました。

「明日の真夜中にまたここに来るって、いいアイデアだと思う？　でも誰かに捕まったらどうする？」とピーター。

「そんなこと気にしなくていい」

　とアステリア先生の声がしました。

24章

バラの歌

　緑のサテンドレスを着たアステリア先生が、こちら
をじっと見ています。
「ヒリヤード姉妹は、奇妙な音を聞いたと言っていま
した。彼女たちは何が起きているのかと窓の外を見た
ら、実際にあなた方がフェンスを飛び越えるのを見た
と言ってます」
　ヘイリーとベイリーが最後にはすべてを台無しにす
るとわかっていたに違いない。誰も反論できないのは、
すべてが真実だからです。
「この件に関しては、校長室で話し合うのが一番です」
　と、彼女はこめかみをピクピクさせながら言いまし
た。
　彼女はバラの花を持って私たちを玄関まで連れて行
き、中に押し込みました。
「アステリア先生、この騒々しさは何ですか？」
　ドウバル校長は尋ねます。

「この生徒たちはフェンスを飛び越えて森に入ってい
くところを捕らえられたのです。彼らは未来のオー
ナーであり、他の生徒の手本となるべきであることを
忘れてはいけません」

　ドゥバル校長は私たちを見ます。

「君たち、本当かい？」

　気まずい沈黙が流れました。やはり危険を冒すべき
ではなかったのでしょうか。

「はい……」

　私は答えました。

「あなた方は罰せられなければなりません」

「いいえ、僕が言い出したことです！」とカイ。

「彼らを罰しないでください。彼らは悪くないんだか
ら」

「私たちはみんなで罪を犯しました！」

　私はつけ加えました。

　私はカイを見ました。私たちみんながこの問題に関
わっていることを理解してもらおうとします。

「いいでしょう。では、君たちの罰として、明日から
1週間、食堂の掃除をしてもらいます」

「先生、私は邪魔をしたくありませんが、1週間では
十分ではありません！　罪を犯したことを学習させた

いのであれば、最低でも１ヶ月は罰を受けなければなりません！」

「アステリア先生、私は校長として言います。私はこの問題をどのように扱うべきかわかっています。ありがとう。あなたは出て下さい」

　アステリア先生は舌打ちしました。彼女の目には怒りが浮かんでいて、きっと復讐を考えていることでしょう。私たちはオフィスから出ようとしましたが、彼女は私たちに眉をひそめ、出て行ってしまいました。５号室に到着するまで、誰も何も言いませんでした。ロビンと私は部屋に入り、ドアを閉めました。

「あのね、ザニア、私はあることを考えていたの。バラの歌を覚えている？」

　私はそれを記憶の中で復唱し始めました。

　私たちの話を聞けば、どこに行けばいいのかがわかります

本部からは遠く、１時間以上はかかるでしょう

　どうやってアルテアを倒すの

　あなたの行く手には大きな困難が待ち受けています

　しかし、あなたはその強力な一撃を克服するでしょう

最後には悲壮感はなくなります
　あなたは彼女を倒す秘訣を持っているのだから

「そうそう」
「バラの花が話していたのは、アルテアを倒すための
秘密のことだった」
「そう、それで？」
「わからないの？　秘密というのはエムリーズ先生の
ことよ！」

25章

エムリーズ先生

「ロビン、あなたって素晴らしい！」

　私の頭の中では、すべてがパズルのように完璧につながりました。エムリーズ先生が来るまで1時間以上は待たなければならないと思いますが、アルテアを倒すための秘策を見つけなければなりません。まさに歌の通りです。

「でもロビン、本当にアルテアのことを教えてくれるのかな？」

「彼は話さないよ。彼のトーテムが私たちを助けてくれる」

「どういう意味？」

「そんなに重要なことでなければ、なぜアルテアが手に入れたいと思う？」

　私は笑顔でロビンを抱きしめます。彼女には時々驚かされます。

「彼らに伝えなくちゃ！」

私たちが3階に駆け上がると、そこにはアーニャと
メアリーがいました。
「あら、元気？　オーナーズの件が始まってから、ほ
とんど話す機会がなかったわよね」
　メアリーは笑顔で言いました。
「私たちは元気よ！」
　私は慌てて言いました。
　私たちは男の子の部屋に入ります。
「ロビン、ザニア、2人ともここで何をしているの？」
　ピーターが驚いています。
「エースとマシューはどこ？」
「彼らは食堂だよ。なぜ？」

　ロビンと私はベッドの1つに座って、彼らに話し始
めます。
「ロビン、すごい！」
　カイが叫びました。
　夜が深まっていき、雨粒が優美に地面に落ちていき
ます。雷が稲妻と一緒に光のショーをしています。ロ
ビンはすでに少し前に話を終えていますが、私たちは
まだ話をしています。
「もう時間だ。明日の朝、またね！」

ロビンは言いました。

　私たちは自分の部屋に向かいました。アーニャとメアリーはすでにベッドで寝ています。私たちも同じようにしようとしますが、今夜は考え事をしていてなかなか寝つけません。

　翌朝、アバロン先生が桜の園で私たちを待っていました。
「おはよう。君たちの小さな冒険の話を聞きましたが、注意しなければならないことがあります。それは、世の中にはあなたたちがまだ理解していないことがあるということです。もっと用心しないといけません」
　私たちはただうなずき、彼の言う通りにしました。
　トレーニングは順調に進んでいます。お仕置きの時間が来たのは喜ばしいことです。いつもならそんなことは言いませんが、今はエムリーズ先生のことを話し合う時間があるということです。誰もいない食堂の前に着くと、モップ、ほうき、雑巾、洗浄液などが載った台車が置いてあります。
「お楽しみはこれからだ！」
　カイは言いました。

私たちは中に入って、散らかり状態を見ました。本当のことを知らなければ、雪崩が起きてすべてが壊れたのかと思うかもしれません。私たちはそれぞれ手袋をはめて、掃除を始めました。

「あのマークは何を意味しているんだろう？」

　私は掃除をしながら尋ねました。

「無限大に関係しているのよ。アルテアが最も望んでいるのは、世界を破壊して永遠に勝ち続けること。つまり、ひし形は勝利のシンボルなのよ」

　ロビンにはますます驚かされます。午後2時の鐘が鳴るまで、私たちは食堂の掃除を続けます。私たちは、気になりつつ、その日のうちに眠りにつきました。

「ローズ、早く来て！　もう真夜中よ！」

　ロビンが囁きました。

「何？」

「もう真夜中よ！　行かないと！」

「本当に行くの？」

「もちろんよ！」

　ロビンは私をベッドから引きずり出し、起こしました。服を着て、部屋を出て、男の子たちと合流します。

「もう来ないのかと思ったよ！」カイが言いました。

　私たちはよく知っているテラスへの通路を歩いてい

きます。そして、隠れて彼が来るのを待ちました。

「エムリーズ先生が来るまでどれくらいかかるかな？」

　ピーターが聞きました。

　エムリーズ先生がやってきました。

「もう待つ必要はないと思うよ」私は小声で言いました。

　彼がペンダントを外して地面に置くと、そこから２つのホログラムが出てきました。１つはアルテア、もう１つはメロウネスのホログラムです。

「お呼びでしょうか」

　エムリーズ先生はお辞儀をしてトーテムを渡します。

「よろしい、私の忠実なしもべよ！」

　メロウネスは手を伸ばし、エムリーズ先生の手からトーテムを受け取ります。

「恩に着ます。あなたに幸運があらんことを」

　メロウネスは手を伸ばし、彼に触れました。すると、彼の皮膚は黒くなり始め、目は白くなり始めます。彼は目が見えなくなりました。

「何てこと！」とロビン。

　緑色の光が彼の体を取り囲み、彼がメロウネスの一部に変わるのが見えました。

「イヨト　アプナ　オトヴ　シャイブ　トゥクンロ！」

　彼女は怪物になってしまったエムリーズ先生に囁きました。

　ホログラムとメロウネスが消えました。みんなの方を向くと、ロビンが目に涙を浮かべています。

「そろそろ帰る時間だね」と私は言いました。

　私たちは何も言わずに帰り、それが私たちの一日の終わりでした。

　残りの日も同じように、掃除をしたり、アルテアの弱点を探るための計画を立てたりしています。そうして1週間が過ぎ、戦いの前日を迎えることになりました。

「あのね、考えたんだけど……」ロビンが説明をします。

「トーテムは、本部とロックウッド・スクールの間の『入口』を開くのに使われると思うの」

　窓の外を見ると、先生たちが本部を守るための呪文を作っている様子が見えます。彼らはそれぞれのエレメントを融合させ、建物の上にドームを作っています。生徒たちは、危険を避けるために中にいなければなりません。誰も安全ではないのです。

「つまり、トーテムを破壊しなければならないという
ことか！」

　と、カイが言いました。

　それは簡単なことではありません。感情が体を覆っ
ていくのを感じます。問題の日まで、あと12時間。

　角を曲がったところからアバロン先生がやってきま
した。

「君たち、私は考えていたのだが、別のトレーニング
をしても問題ないだろう。来なさい。食堂に行きま
しょう」

　私たちがアバロン先生の後に続いて食堂に行くと、
そこにはすべてのトレーニングのために家具が外に出
されていました。

　トレーニングが始まり、それは午後ずっと続きまし
た。

「今日はこれで十分です。明日に備えて、ゆっくり休
みなさい」

　と言って、アバロン先生は桜の樹液の入った箱を私
たちに渡しました。

「明日はこれが必要です」

私たちは自分の部屋に行き、眠りにつきました。これが最後かもしれないと思いながら、私は静寂と睡眠を楽しみました。

26章

決戦

　起床の鐘が鳴りました。目を覚ますと、クローゼットの中に新しい服が入っていました。白いレギンスに、お揃いのTシャツ、そしてスニーカー。髪は気にならないように強めのポニーテールにします。何もかもが暗くて怖い感じです。

「ザニア、さあ行く時間よ」

　ロビンが言いました。

　私はうなずきました。アレディエルから樹液の箱と笛を受け取り、外に出ます。男の子たちはすでにホールで待っていました。

「準備はいいかい？」とピーター。

「いいよ」と私は答えました。

　他の生徒たちは眠っています。彼らのように、誰とも戦わずに夢を見ているのはどんな感じだろう。無慈悲な寒さの中ではなく、居心地のいい毛布の下にいるような。廊下には不気味なほどの静けさが漂ってい

す。本部を出ると、セレステが先生たちと一緒に待っていました。アルウィナ先生、アステリア先生、コラリア先生、アバロン先生もいます。

「おはようございます！」

とアバロン先生は挨拶してきました。

幸運を祈って彼は私たちを抱きしめました。

「しっかり気をつけて……」と彼はささやきました。「樹液のことを忘れずに、そして自分のエレメントをどのように融合させるかも。もし誰かが戦い続けられなくなっても、戦い続けなさい。つらいだろうけど、やるしかないんだ。頑張って！　君たちを信じているよ！」

先生は私たちから離れました。彼の目には涙が見えました。彼はすぐに振り返って涙を拭きました。

他の先生たちも、「みんな、頑張って！」と私たちに声をかけました。セレステが鳳凰を連れてきて、私たちが乗るのを手伝ってくれました。出発する前にもう1回本部を見ました。ドームの外に出ると、不快な振動を感じると同時に浮き上がりました。私は片手でカリプソにしがみつき、もう片方の手でポケットの中が飛び出さないようにおさえました。延々と飛んでいるように思えます。

「上手くいくだろうか。もっとひどいことになったらどうしよう」と考える暇もありません。もし、他の人が成功しなかったら？　どのような方法を考えても不安が頭の中を駆け巡ります。この感情は私にこびりついています。平野部に到着し、そこで着地することになりました。

「気をつけて！」

と、セレステが私たちを抱きしめてくれました。

彼女のピンクの頬には涙が零れ落ちていました。彼女は鼻をかみながら、私たちを慰めようと微笑んでいます。カリプソが私の注意を引くために背中が痛くなるほど叩きました。

「頑張るよ！」

と言って、カリプソを抱きしめました。

「またすぐに会おう、約束するよ」

できるかどうかわからない約束だけど。

「そろそろ行く時間よ」

セレステが言います。

「あなたに幸運が訪れますように！」

そう言って、彼女は鳳凰に乗り、みんなを率いて本部に戻っていきました。

暗くなり始めた空を見ます。私はポケットから桜の

樹液が入った箱を取り出し、ロビン、ピーター、カイ
に渡しました。最後に私も使います。手のひらにハチ
ミツのような不思議な感覚が戻ってきます。空き箱を
地面に投げ捨てて、歩き始めます。
「どこに行くの？」
　とロビンは不安そうに聞きます。
「わからないけど、ここにいるよりはどこでもいいん
じゃない？」
　私は答えました。
　3人は私についてきます。空気が冷たくなってきて、
背筋に寒気を感じます。雲が空を覆い、暗くなってき
ました。私は緊張して、アレディエルの笛をいじって
います。今日が人生最後の日だということが、どうし
ても頭に入ってきません。
「ザニア、落ち着け。ザニア、落ち着け。ザニア、落
ち着け。計画通りに行く。自分を信じろ！」
　父の声が私を落ち着かせてくれます。この状況では
父が唯一の光です。膝が震えて歩くのも大変です。さ
らに進んでいくと、桜の木がありました。ピンクの花
びらが、暗い景色を明るくしてくれます。私はその色
を見て、ここがすべて死んでいるわけではないことを
嬉しく思いました。

「花びらが……」

　ロビンはつぶやきました。

　よく見ると、花びらは少しずつ枯れていき、木には1枚の花びらしか残らず、その花びらも落ちてしまいました。木の後ろからアルテアがメロウネスの軍隊を連れてくるのが見えます。彼女の左側にはエムリーズ先生がいます。彼は金髪のために私が認識できる唯一の人物です。

「これは、これは。何しにこちらへ？」

　メロウネスは歯をむき出して笑っています。

「1人なの？」

　と笑い出しました。

「前回は少なくとも何人か連れてきたから、もっと楽しかったのに！」

　と不気味な笑いをしました。

「でも、手下はやっぱり負けちゃったんだよね？」

　メロウネスはうんざりした顔で私を見ました。

「ザニア・ムーンライト。私がいなくて寂しかった？」

　彼女は私を見て答えを待っていますが、私は答えませんでした。

「この話は終わりにしよう、どうする？　チャンスはあげるけど、忘れないでね、1回だけ。私の軍隊に入

226

るか？」
「入らない」
　私たちは一斉に顔をしかめて言いました。
　彼女は驚いて私たちを見ますが、冷静な表情に戻りました。
「残念ね。私はあの金髪の少年が気になっているの。心から！」
　メロウネスたちがこちらに向かって走り出しました。
「ロビン、彼らを眠らせてみて！」
　ロビンはやってみますが、うまくいきません。
「できない。何が起こっているの！」
「ただの呪文が私の赤ちゃんに影響するとでも思ったのか？」
　アルテアは吼えました。
「でもあいつは一度、彼らに催眠術をかけたことがあるのよ！」
　彼女はむきになって、私たちに向かって火の玉を投げ始めました。私は盾を作って自分たちを守り、ピーターは石でボールを止めます。
「ああ、なんて美しいコンビなの！」
　彼女は火の玉を投げ続けながら、
「まるでおとぎ話のようだわ。日の光を二度と見るこ

とができないのは残念だわ！」

　怪物が近づいてきます。カイは突風で動きを止めようとしましたが、数分しか止められないようでした。一方、アルテアはトーテムを取り出して、枯れた桜の木の近くの地面に突き刺しました。

「もう遅いわ！」と彼女は笑います。

　変身したエムリーズ先生が前にいました。彼は私たちに向かって走ってきて、私を倒し、私に噛み付こうとします。彼の巨大な牙が私の顔の近くにあります。私はのしかかってくる彼から逃げようと抵抗しましたが、身動きがとれません。私は彼を燃やそうとしましたが、効きません。彼の体にあるウロコが火から守っているのです。

　優位に立った彼は、私の左肩に噛みつきました。想像を絶する痛みが私の体を貫きます。地面に赤い血の滴が落ちるのが見えました。私は大きな火の玉を彼の目に当て、彼を傷つけました。

　私の体がこれほどの戦いの痛みに耐えられるとは思えません。自分の手が黒くなっていくのが見えます。メロウネスになっている!?　めまいがして、地面に倒れてしまいました。

「噛みつかれないで！」

私は声を絞り出すように言いました。
「嚙まれたら、怪物になってしまう！」

　ピーターがアルテアと戦ってトーテムを奪おうとしているのが見えます。トーテムを奪おうとしてアルテアに倒されてしまいましたが、諦めません。ロビンとカイは一緒に戦って怪物を止めています。私の腕が黒くなってきました。もうすぐ完全に変身しそうです。彼らが頑張っている姿を見て、私は少しだけ、必要なだけの力を得ることができました。私は立ち上がってトーテムに向かって走り出しました。アルテアはピーターと激しく戦っていて、私には気がついていません。腰をかがめてトーテムに手を伸ばそうとすると、エムリーズ先生がまたそこにいました。
「ああ、どうした!?　またお前か！」
　毒はすぐに広がっていきます。すぐに肺にも影響が出てきて、私はパニックになりました。自分の鼻、足、口を殴っても、止まりません。もうどうしようもないのです。自分を見失って、トンネルの先には光が見えず、すべてを止めてしまえばよかったと思いました。すべてが終わってしまうことを考えると、体に心地よさがこみ上げてきました。空に小さな光が見えます。

一筋の太陽の光。最後の望みです。そして、アレディエルの笛を持っていることを思い出しました。ポケットの中を探して、それを取り出します。思いっきり吹いてみると、すべてが止まりました。エムリーズ先生がゆっくりと近づいてくるのが見えます。アルテアとメロウネスもゆっくりと動いています。私の目の前に光の球が現れます。よく見てみると、それは浮いています。近づいて触ってみると、それはアレディエルの姿をしていました。

「ザニア、大変なことになっていますね！」

「どうしたらいいのかわからないの。助けて、お願い！」

「すべては分かれ道のようなもの。晴れた草原の道か、石だらけの雨の道か、どちらの道で旅を続けるかを選ばなければなりません。忘れてはいけないのは、すべてが自分の思い通りにならないということ。あなたの選択次第で、他の人も変わるのです」

　彼は再び光り輝くボールになりました。

「待って、お願い。行かないで。まだ聞きたいことがあるの」

　ボールは消えていき、私には答えがありません。周りを見渡すと、誰もが命をかけて戦っています。日の

当たる道は魅力的に見えますが、石の多い道には少なくとも数人の仲間が見えます。すべてが元に戻っていきます。エムリーズ先生が私を捕まえようと飛びかかってきましたが、私は彼を避けました。私は彼を倒し、彼の顔の一部を焼きました。彼はうめき声を上げ、私はトーテムに向かって走っていきました。しかし、アルテアは『入口』を開くことに成功していました。『入口』は地面を大きく飲み込み、異次元の世界へと誘います。私はトーテムのそばに行き、それを掴もうとしますが、強い風に引っ張られてしまいます。トーテムに触れ、取ろうとしますが、うまくいきません。

「トーテムを取るのを手伝って！」

　すると、アルテアは私に向かい、叫びました。

「私がここにいる間は無理よ！」

　彼女の声は私の頭の中で響きます。今度は私が1人で立ち向かう番です。

「遊びは終わりよ」とアルテアは笑います。

　彼女は私に火を当てようとし、私も同じように火を当てます。お互いにぶつかり合い、火の輪ができて、私たちを囲んでいます。

「誰にも邪魔されない。さあ来い！」

　アルテアが叫びます。

それぞれが死力を尽くしましたが、突然私の息が止まってしまいました。噛まれたときの毒が心臓に届きそう。急がなければ。

アルテアは私を殴りますが、私は何も抵抗できません。彼女は私を殴り続けますが、私は燃えない。驚いて自分の体を見ると、いつものようになっている。炎と一体化しているのです。

「そんなのあり得ない！　どうして死なないの？」

　私は静かに立ち上がりました。私の皮膚は、彼女の攻撃に対する盾のよう。私は彼女に近づいていきました。悲鳴が聞こえました。ピーターが倒れ、その上にエムリーズ先生がのしかかっているのが見えました。ピーターの胸が黒くなっています。ピーターは毒に犯されて、それは心臓に届きそうです。彼の命はもう長くありません。

「ピーター！」

　私は力の限り叫びました。彼に向かって走ろうとしました。

「戦いは終わっていない！　こっちへ来い！」

　アルテアが私を殴りました。

　ピーターの胸は真っ黒です。

「うぉおお！」

　涙で視界がぼやけてきました。私の中で怒りがさらに燃え上がってきました。アルテアが満足げに私を見て、殴り続けています。

私はファイヤーサークルから抜け出してトーテムに向かって走りました。アルテアが私の動きを読んで追いかけてきます。私は足を使ってトーテムを地面から引き抜きました。

「あなたは間違ったチームと戦っているのよ！」

　私は勝利を感じました。メロウネスが地中に消えていくのが見えます。ようやく自由になれましたが、アルテアは動きません。彼女は微笑んだままそこにいるのです。

「何が起こっているの？」

　ロビンが叫びました。

　アルテアは笑い出します。

「そんなに簡単だと思っていたの？　そうなら、あなたは私が思っていたよりも馬鹿だわ」

　必死に周りを見渡しました。自分の考えをみんなに伝えようとする声が聞こえてきました。

「一緒に頑張ろう！」

「何？」カイが聞く。

「そう、それだよ！　そうだ、それだ！　私たちのエレメントを融合するのよ」

「そんなの無理だよ！」カイはあきらめ顔です。

「危険を冒してでも、勝つのよ！」

全員が顔を見合わせ、私が合図をしました。手のひらからエレメントが飛び出し、白い光の球体ができました。それがどんどん大きくなり、アルテアを取り囲みます。彼女は球体を壊して逃げ出そうとしますが、上手くできません。光は彼女の動きを鈍くさせ、彼女はもう力がないかのように動きがゆっくりになっています。彼女の胸のあたりから炭のような黒い砂に変わり、空気中に散っていきました。

　私はトーテムをつかみ、足で踏んで2つに割りました。そうすると、トーテムから黒い煙が出ました。
「これで最後ではないぞ、ザニア・ムーンライト！」
　大地がアルテアを引きずり込み、飲み込み始めます。大地はアルテアを牢獄へと送り返しました。ピーターは意識を失ったまま倒れていました。

27章

すべては終わった

　私はピーターに駆け寄り、彼の体を抱きしめました。
私は泣き出し、彼の顔を撫でました。
「お願い、目を覚まして、お願い！」
　私の涙が彼のシャツに落ちました。ロビンとカイが
近づいてきます。カイは屈んでピーターを見ています。
彼は目に涙を浮かべ、ピーターに大けがを与えた噛み
傷を触っています。ロビンは私の肩に触れて言いまし
た。
「大丈夫だよ」
　彼女の声からは、どれだけ心配しているかが伝わっ
てきます。そう言われると、腕の痛みが蒸発したかの
ようです。ピーターの胸を見ると、もう黒くはありま
せん。彼はゆっくりと目を開けています。私はまだ彼
が生きていることを信じられず、彼を見ています。私
は彼を抱きしめ、すべてが終わったことを喜びました。

「結局のところ、すべてがうまくいったようだね
……」

　ピーターは言いました。

　私たちはみんな、立ち上がってお互いに抱き合いま
した。ショックで心臓の鼓動が速くなっていきます。
空が明るくなり、花や木が息を吹き返しているのが見
えます。全く新しい世界が作られています。美しい世
界。私たちはその瞬間を楽しみながら立ち尽くしてい
ます。空にはセレステがいて、鳳凰隊とともにこちら
に近づいてくるのが見えます。セレステは地面に降り
立ち、私たちに向かって走ってきます。

「正義が勝った！」

　彼女は泣きながら言いました。

「セレステ……息が……できない！」

　彼女は私たちを抱きしめていた手を離します。

「やったわね！　あなたは本当に彼女に勝ったのよ！」

　彼女は私たちを鳳凰のところに連れて行き、本部に
連れて帰ってくれました。カリプソと再会でき、一緒
に飛べることが嬉しかったです。本部に到着すると、
みんなが歓迎してくれました。生徒たちが嬉しそうに
手を振ってくれています。私たちを応援してくれます。
アバロン先生が私たちに近づいてきます。先生は、

「よくやった！　君たちならできると思っていたよ！」

と言ってくれました。

彼の笑い声が私を幸せにしてくれました。彼は私たちを抱きしめ、私は彼の目の中に光るものを見ました。彼の金色のスーツは際立っていて、私は彼の奇妙な服が恋しくなると思います。

アステリア先生もやってきました。

「私はあなたを少し見くびっていたかもしれません……」

彼女は微笑みながら言いました。

私はよく聞いていなかったようです。今、アステリア先生は私たちを褒めてくださったのでしょうか？オーナーであることにはいいことがあるようです。彼女が喜ぶ姿を見るのは初めてのことです。私は彼女に微笑み返すと、彼女は去っていきました。先生たちは皆、私たちを祝福しに来てくれたし、他の生徒たちも大喜びでした。私たちはエムリーズ先生のことをみんなに話し、ドゥバル校長は何とかしようと約束してくれました。

一方で残念ながら、私たちが去らなければならない時が近づいています。今年は私たちがオーナーになってしまったので、ドゥバル先生のルールによると、こ

れ以上学ぶことがなくなってしまったのです。だから、学校にいても意味がないのです。

「こんなルールを作ってしまって、本当に申し訳ない」

と、ドゥバル校長は言いました。

「本当に行かなければならないの？」とメアリーが尋ねました。

「あなたがいなくなるととても寂しいわ！」とアーニャが叫びました。

私たちは彼女に抱きつき、すべてが終わったことを喜んで泣きました。エースとマシューもお別れを言いました。

「行く準備はできた？」とセレステ。

「だめ、持っていくものがあるの」

私は校長先生からもらったボトルを思い出して言いました。

私は自分の部屋に走って行き、それを取りました。最後にもう一度、私たちの部屋を見てみます。木製のドアには「5」の文字が光っています。私は泣くのを我慢して外に出ました。

「準備はいいわ」

私は力強く言いました。

もう一度お別れの挨拶をして、私たちは出発しました。私はスハイルに会い、彼の代わりにみんなに挨拶することを約束しました。帰り道は、来たときよりもずっと短く感じます。私たちは、これまで一緒にやってきたことについて話していました。夜はエルフの村に立ち寄ることになっています。

「石の道を選んだようですね！」

　アレディエルが言いました。

　他の人たちは驚いた顔をしていますが、私はただ微笑むだけです。夜はエルフ流に焚き火を囲んで過ごしました。エルフたちは伝統的な歌を歌い、勝利の踊りで私たちを喜ばせ、今年の平和を祝いました。朝、ロビンとテニエルは友達でいようと決めました。

「言っとくけど、この方がいいんだぜ！」

　カイが説明します。

　ロビンが殴る真似をしているのが見えました。エルフたちに別れを告げ、旅を続けました。セレステは、最初に私たちを拾った場所に私たちを残していきました。

「さみしくなるわ」

　セレステは言いました。

「私もよ」

私たちは最後に抱き合い、私はカリプソのところへ
行きました。
「絶対忘れないわ！」
　私はカリプソの首の印を見て、そして私の印を見ま
した。私たちの間に強いつながりを感じます。カリプ
ソはつぶやくように私に答えて、セレステと一緒に
去っていきました。彼らが遠くの小さな点になるまで、
私たちは彼らを見続けました。
　手の中のボトルを見て、もうかなり時間が過ぎてい
ることに気づきました。
「そろそろ行かなくちゃ」
　私は言いました。
　ロビンが近づいてきて私を抱きしめました。彼女は
私を離そうとしません。
「ザニア、行かないで！」
　ロビンは涙を流しながら、言いました。
「戻ってくると約束して」
「約束するよ……」私は囁きます。
「もう1年も経ったなんて信じられないわ！」
　彼女は私を放し、私は彼女の緑の目を見ました。彼
女に出会えたことがどれほど幸運だったかを実感しま
す。

「僕もさみしいよ」と、カイは私を抱きしめます。

　私は笑いながら涙を拭きます。

「もうあなたのジョークを聞けないのね」

　振り向くとピーターがいました。

　彼は立ち止まり、私を見ています。よく知られた感覚が再び戻ってきました。私はこの気持ちをできるだけ長く持続させたいので、もう一度彼を見ました。

「あまり長い間いなくならないでね。君がいないとどうなるかわからないよ」

　彼は近づいてきて私を抱きしめます。私も同じようにします。みんなと初めて会ったときのことを思い出しました。過去に戻って再び冒険を楽しむことができたら、どんなにいいだろう。この瞬間、私はここに留まりたい、ずっとここにいたいと思ったけれど……。ポケットからボトルを取り出し、星のついたペンダントに目をやりました。ボトルの栓を抜き、液体を飲み込みました。

　私は眠りに落ちました。

28章

自宅にて

　目を開けると、光に包まれていました。自分を見ると、星の体が見えました。

　聞き覚えのある声が「ザニア！」と叫びました。

　両親が私に向かって浮かんでいるのが見えます。

「ザニア！　どこに行っていたの、心配したのよ！」

　母は初めて私に愛情を示してくれました。弟や妹たちもみんな私を迎えてくれました。みんなが私に会いたがっているようで、私もその気持ちを共有できないわけではありません。私たちは最も美しい時間を一緒に過ごしました。やっと、私は幸せを感じました。

　私が空に戻ってから数日が経ちました。もう誰も私がおかしいとは思いません。みんな、私の冒険について話してほしいと思っています。私が話をしている間、みんなが私を見ているのがわかります。まるで私が知識の山であるかのように、私の言葉の一つ一つを吸収

しているのです。私の帰りを祝うために、家族全員が
集まっています。私はよく、もし自分が残っていたら
どうなっていただろうと考えています。日に日に進化
していくローズ・マリーを見て、私は誇りに思ってい
ました。

　カイ、ロビン、ピーターを見守っていると、彼らが
ローズ・マリーを助けているのがわかります。家族と
一緒にいられるのは嬉しいけれど、また地球に行くよ
うな気がしています。

謝辞

　本を書くということは、思っていた以上に難しく、想像以上にやりがいがあります。親友たちがいなければ、このようなことはできませんでした。

　まずは家族に感謝しなければなりません。この本が形になるために必要な雰囲気や環境を作ってくれた両親、ステファナとドリン、そして姉のパトリシアと弟のアレックスに感謝します。

　叔母であり義理の母でもある、並外れたイオアナにも感謝しています。常に私を励まし、支えてくれました。彼女は、私の隠れていた資質を見抜き、それを引き出す手助けをしてくれました。

　祖父母のミカとサンドゥにも感謝しています。私の頼もしい協力者となってくれました。

　この小説の最初の読者である同い年の2人の友人、彼女たちの名前は同じダリアです。

　私のクラスの担任でもあるルーマニア語と文学の先生、エミリア・ボルザ。読書への愛を含め、彼女が私に教えてくれたすべてのことに永遠の感謝を捧げます。

　最後になりましたが、ライムス出版社のアナ女史と

ミルチャ・ペテアン氏は、私の小説に命を吹き込んで
くれただけでなく、私に多大なる忍耐力を与えてくれ
ました。

著者プロフィール

マルキス ダリア〔Marchiş Daria〕

1998年7月23日、ルーマニア クルージュ・ナポカ市生まれ。
18歳の時に本作を執筆。

訳者 ひなこ

ザニア 星の少女とエレメントの仲間たち

2024年1月15日 初版第1刷発行

著 者 マルキス ダリア
訳 者 ひなこ
発行者 瓜谷 綱延
発行所 株式会社文芸社
〒160-0022 東京都新宿区新宿1−10−1
電話 03-5369-3060 （代表）
03-5369-2299 （販売）

印刷所 図書印刷株式会社